온라인 게임의 신부는
여자아이가, 아니라고
생각한 거야?
Lv. 19
Kineko shibai
키네코 시바이 지음
ill: Hisasi

# CONTENTS


프롤로그
"정답 없는 선택지" 11

1장
"한 치 앞은 외톨이!" 23

2장
"레전더리 에이지의 스토리,
마지막 이야기잖아요!" 77

3장
"슈바바바바바바
(슈바인 님이 달려오는 소리)" 137

4장
"반드시예요. 무조건이에요. 수단은 가리지 않아요." 201

에필로그
"인생 메인 퀘스트가 조금 진행됐어요!" 303

And you thought there is Never a girl online?

DESIGNED BY AFTERGLOW

# 온라인 게임의 신부는 여자아이가 아니라고 생각한 거야?

키네코 시바이 지음
Hisasi 일러스트
이경인 옮김

# Lv. 19

# 프롤로그

## “정답 없는 선택지”

And you thought there is Never a girl online?

마을에서 우연히 지인과 만날 확률은 얼마나 될까?

—뭐, 그렇지. 장소에 따라 다르겠지.

학교 근처에 있는 햄버거 가게라면 상당한 높은 확률로 인카운트한다. 한참 멀리 있는 모르는 마을이라면 누구와도 만나지 않는다. 그런 느낌이겠지.

그리고, 문제를 하나 더 내보자면.

레전더리 에이지 안, 수도에서 우연히 지인을 만날 확률은 얼마나 될까?

응, 학교 근처에 있는 햄버거 가게에 뒤떨어지지 않을 만큼 높은 확률이다.

그야 그렇지. 물건 살 때 이용하는 곳은 대부분 수도니까.

그러니 어슬렁거리다가 지인과 만나는 건 전혀 드문 일이 아니다. 오히려 그걸 목적으로 돌아다닐 정도이기도 하다.

단지, 그날 만난 두 사람은 굉장히 뜻밖의 조합이었다.

◆†검은 마술사† : 과연, 의견을 바꿀 생각은 없다 그건가?

◆바츠 : 내가 바꿀 필요 있냐? 오히려 가르침을 내려줬으니 감사를 받아야 할 정도인데?

놀랍게도, TMW 길마와 발렌슈타인 길마가 둘이서 이야기를 나누고 있었다.

이거 전쟁인가— 싶었지만, 거리에서 갑자기 싸움이 시작될 일은 없으니까. 모르는 사이도 아니니 느긋하게 다가가 보기로 했다.

그것이 문제의 시작이었다.

◆루시안 : 둘이서 뭐 하는 거야? 별일이네.

◆바츠 : 오, 루시안이잖아.

◆†검은 마술사† : 이거 좋을 때 왔네.

내가 말을 걸자, 두 사람은 마침 잘됐다며 다가왔다.

그리고 나를 좌우로 포위하더니, 이런 말을 했다.

◆바츠 : 잠깐 묻고 싶은 게 있는데, 괜찮냐?

◆루시안 : ……어어, 삥 뜯기 부류인가?

◆바츠 : 온라인 게임에서 삥 뜯기를 하는 녀석은 본 적도 없어.

없지는 않은데?

뭐, 그게 아니라면 상관없지만.

◆바츠 : 묻고 싶은 게 있다고 했잖냐. 그것뿐이라고.

◆루시안 : 흐음, 그 정도라면.

◆†검은 마술사† : 그럼 루시안. 만약의 이야기인데, 솔직한 마음으로 대답해줘.

뭘 물어보려는 건지 조금 두근두근하며 기다렸는데, 꽤 알기 쉬운 이야기였다.

◆†검은 마술사† : 너는 지금, 파티를 맺고 던전에 있어. 결코 여유가 없는, 난이도가 높은 곳이지.

◆바츠 : 그리고, 갑자기 적이 우르르 몰려나와서 자기 버프를 전부 소모했다고 치자.

◆루시안 : 위험한 상황이로군요.

위험한 상황이지만, 뭐 가끔은 나오기도 한다.

◆†검은 마술사† : 그 타이밍에서, 서버 단위의 엄청난 렉이 발생했어. 남은 HP 100인 상태에서 화면이 정지됐지.

◆루시안 : 나는 죽을 수밖에 없잖아.

◆바츠 : 그래도 방법은 아직 있잖냐. 그거, 극락조의 깃털.

◆루시안 : 아아, 뭐 가지고 가기는 하지만.

극락조의 깃털은 세이브 포인트로 귀환하는 아이템이다. 비슷한 전송 아이템은 그 밖에도 있지만, 이건 전투 중이라도 무조건 발동한다는 이점이 있다.

솔로라면 위험하다고 생각했을 때 즉시 귀환하는 경우도 있다— 그렇기는 한데.

◆루시안 : 렉이 걸렸을 뿐이라면, 렉이 풀린 타이밍에 결국 죽지 않나?

◆바츠 : 아니, 이 게임은 대미지 판정보다 스킬이나 아이템 사용이 우선되게 되어 있다고. 렉이 걸렸을 때라면 살아서 돌아갈 수 있어.

◆루시안 : 오~, 그렇구나.

◆†검은 마술사† : 분명 눌렀는데 렉으로 죽었다는 클레임을 피하기 위해서인지 대미지 판정에 어느 정도 버퍼를 준 모양이야. 그래서 플레이어 측의 처리가 우선되는 거지.

◆루시안 : 흐음흐음.

그건 좋은 정보다. 다음부터는 렉이 걸려도 포기하지 말고 스킬과 아이템을 연타하자.

◆바츠 : 그렇게 가정하고.

바츠가 씨익 웃었다.

◆바츠 : 이대로 가면 HP 100인 너는 확실하게 죽는데…… 깃털, 쓸 거냐?

◆루시안 : 그런 질문인가~.

쓰면 살아서 마을로 돌아간다. 쓰지 않으면 죽어서 사망 페널티라는 건가.

이그물 같은 완전 회복 아이템은 없는 건가? 그런 여러모로 신경 쓰이는 점은 있지만, 양자택일이라면 해답은 하나다.

그야 물론.

◆루시안 : 안 쓰겠지~.

◆†검은 마술사† : 좋아. 그럴 줄 알았어.

◆바츠 : 어째서야! 이상하잖아!

두 사람이 각자 리액션을 보였다.

으응~? 딱히 이상하지 않잖아.

◆루시안 : 그야, 난 탱커니까.

아슬아슬한 상황에서 누구보다 먼저 도망치는 탱커라니, 어딜 봐도 믿을 수 없잖아.

◆바츠 : 죽느냐 돌아가느냐의 양자택일이라고. 어느 쪽이든 상관없잖아.

◆†검은 마술사† : 자신이 죽더라도 1초라도 오래 버틴다. 그런 플레이어야말로 믿을 수 있는 거지. 아니, 그것이 바로 인간이야. 너는 모르는 일이겠지만.

검은 마술사 씨는 훗, 하고 머리를 휘날리며 말했다.

저기, 제 대답으로 인간을 정의하시면 곤란한데요.

◆바츠 : 뭐? 너도 파티가 붕괴하면 잽싸게 도망치는 주제에.

◆†검은 마술사† : 붕괴해버렸으면 이제 어쩔 수 없잖아.

◆바츠 : 탱커가 죽으면 붕괴 확정이잖아. 죽는 게 정해졌다면 돌아가는 게 단순히 더 이득이라고. 너희는 계산도 못 하는 거냐.

◆루시안 : 말이 좀 심하네.

그렇게까지 말하지 않아도 될 텐데. 그야 나도 죽고 싶지는 않아. 사망 페널티 부담되니까.

그래도 여차할 때 자기 몸을 중요시하는 탱커라니, 플레이하는 측에서 보면 좀 아니잖아.

게다가 지금은 기회만 있으면 타개할 수 있는 방법도 많으니까.

마스터의 릴리스 대마법이라든가 슈의 드래소라든가 아코

의 콤보 피니시 등등, 들어가면 어떻게든 되는 수단이 많이 떠오른다.

◆루시안 : 렉은 시간이 걸리니까, 누군가가 타개책을 써주지 않을까 싶기도 한데 말이지.

◆†검은 마술사† : 그게 탱커로서 후위를 신뢰하는 느낌인가. 바츠는 그런 동료에 대한 신뢰가 없으니까 귀환이라는 수단을 망설임 없이 쓰는 거로군.

◆바츠 : 예이예이~ 나는 비인간적이야. 참 잘됐네.

바츠는 혀를 차면서 그렇게 말했다.

왜 검은 마술사 씨가 의기양양해하고 바츠가 퉁명스러운 거지. 그보다 애초에 무슨 의도로 나온 질문이었던 거야?

◆루시안 : 그래서, 지금 이건 무슨 질문이죠?

◆†검은 마술사† : 오늘 아침 이야기인데, 로그인한 길원이 적어서 몇 명을 공개적으로 모집했어. 그랬는데 바츠가 왔거든.

◆루시안 : 왜 이런 유명인이 즉석 파티에 오는 건데?!

딜러 모집! 이라고 썼을 때 바츠가 들어오면 믿음직하다고 생각하기 전에 무섭다고!

◆바츠 : 응? 여기저기서 튀어나오니까 항상 까이는 거잖아? 그 정도는 알아채라고.

◆루시안 : 지당한 말이지만!

애초에 여기저기서 까일 법한 나쁜 짓을 하지 말라고!

어어어. 그래서 같이 던전에 가서, 그 후에 이렇게 다투고 있다는 건.

◆루시안 : 아~, 결국, 그 파티가 붕괴 직전일 때 혼자 도망친 건가.

◆†검은 마술사† : 그런 셈이지.

그리고, 도망친 바츠의 생각이 일반적인가 아닌가를 물어보려고 내게 질문한 건가.

◆바츠 : 나 참~. 그건 아무리 해도 무리잖아. 전부 잽싸게 도망치면 됐을 텐데, 바보가 남아있으니까 이후에 다투게 되는 거야.

◆†검은 마술사† : 그 판단이 다수파였다면 괜찮았겠지만, 그게 아니라는 건 알잖아?

아직도 다투고 있네. 길어질 것 같으니까 나는 이만 실례하기로 할까. 응.

◆루시안 : 그럼, 나는 갈 거니까.

◆바츠 : 말이야 그렇지만, 실제로는 말로만 그럴 가능성도 있잖냐.

◆†검은 마술사† : 흐응? 무슨 뜻이지?

◆바츠 : 실제로 해보지 않으면 모른다는 뜻이야.

◆루시안 : 갈, 갈 거야! 나는 이제 갈 거라고?!

굉장히 불길한 예감이 드는데!

실제로 뭘 하려는 생각이야, 바츠?!

이거 도망쳐야겠다 싶어서 내달리려 한 내 앞을 바츠가 가로막았다.

◆바츠 : 야, 도망치지 마. 네가 말했잖아. 대처할 수 없는 적이 오더라도 죽을 때까지 안 도망친다고. 과연 정말인지 실제로 확인해보지 않으면 모르잖아.

◆루시안 : 기다려!

지나가다 마주친 앙케트에 대답한 내가 어째서 이렇게 궁지에 몰려야 하는 거냐고!

◆†검은 마술사† : 안심해. 루시안.

◆루시안 : 살려줘 검은 형님!

다행이다. 검은 마술사 씨가 막아주려나 보다. 그렇게 안심한 것도 잠시.

◆†검은 마술사† : 끝나면 사망 페널티를 만회할 때까지 어울려줄게.

◆루시안 : 댁도 죽일 생각이냐!

한다는 것 자체는 반대가 아닌 거냐고! 웃기지 마!

◆바츠 : 손해 보지 않는다는 전제면 의미가 없잖아. 페널티 먹어서라도 일을 완수하는지 확인해봐야 할 거 아냐.

◆†검은 마술사† : 아아, 그것도 그런가…….

◆루시안 : 그만둬어어어.

즉, 이 질문에서 제일 올바른 선택은 애초에 두 사람에게 말을 걸지 않는 것, 이었던 거다.

정답 없는 선택지?! 그런 걸 알겠냐아아아아아아!

††† ††† †††

◆루시안 : 그런 일이 있어서 말이죠.

아코라면 어떻게 할지 물어보니, 대답은 이랬다.

◆아코 : 남편이 죽었다면 옆에서 같이 바닥을 핥아주는 게 아내의 역할이라고 생각해요!

◆루시안 : 거기서는 아코만이라도 살아줘야지!

◆아코 : 저를 미망인으로 만들려는 건가요?!

◆루시안 : 이 게임에서는 마을에서 되살아나거든?

롤 플레이에서 무의미하게 죽음을 고르니까 경험치를 못 버는 거라고.

애초에 아코 너, 세테 씨에게 레벨이 추월당했잖아.

◆아코 : 그래도 루시안, 조금 신경 쓰이는 게 있는데요.

◆루시안 : 응?

◆ 아코 : 죽을 때까지 모두를 지킨다는 건, 평소의 우리 파티였을 때 하는 얘기죠?

◆루시안 : 아아…… 뭐, 그렇지. 응.

모르는 사람뿐인 파티라면 아닐지도.

힐러가 타깃을 가져가서 도망치다가 멋대로 멀리서 죽는다던가, 그런 매우 특수한 상태라면 나도 도망칠 수도 있다.

◆루시안 : 솔직히 파티 플레이라고 생각한 시점에서 모두가 있다는 걸 전제하게 되네.

◆아코 : 그러게요. 저도 그래요.

아코가 고개를 끄덕였다.

◆아코 : 저도 루시안이 없는 파티라면 바로 도망쳤을 거예요.

◆루시안 : 가능하면 소생은 시험해줬으면 좋겠는데.

그러나, 그렇게 생각하니 해답이 보이는 질문이었다.

◆루시안 : 딱히 던전 같은 데가 아니더라도, 자신이 죽어야 모두가 산다는 상황이라면 평범하게 죽음을 선택할 것 같긴 하네.

◆아코 : 분명 다들 자신을 희생하려 하겠죠.

이거 참 근사한 동료를 뒀다니까.

바츠에게는 그런 동료가 없으니까 자기 목숨이 제일 중요한 건가.

아니면 전원이 자기 목숨을 소중히 한다는 사상으로 일치된 걸지도. 응, 그건 그것대로 좋은 동료인가.

◆루시안 : 뭐, 누가 희생할지 선택할 일은 없겠지만.

◆아코 : 그런 게 있으면 무서워요.

이때의 우리는 몰랐다.

그 후에, 훨씬 가혹한 선택이 기다린다는 것을.

그렇다— 동료를 희생해서라도 자신의 목적을 달성하느냐. 그런 선택이 말이다.

# 1장
# "한 치 앞은 외톨이!"

And you thought there is Never a girl online?

크리스마스가 우울한 이벤트로 변한 건 언제부터일까.

일반적으로는 1년 중에서도 톱클래스로 인기 많은 이벤트가 크리스마스지만, 인터넷에서는 중지니 폐지니 폭발이니 실컷 떠들어댄다.

이러는 나도 크리스마스 폐지파의 일원이다. 끈질기게 흐르는 크리스마스 송은 지겹고, 너무 과한 조명들도 지긋지긋하다. 솔직히 이런 분위기는 따라갈 수 없다.

이런 나지만, 적어도 어린 시절에는 크리스마스를 무척 좋아하는 소년이었다. 여동생과 함께 두근두근 산타클로스를 기다리다 지쳐서 잠들어버리는 순수한 어린이였다.

그런데 정신이 들자, 산타클로스를 몬스터의 일종처럼 보는 막장 게이머가 되고 말았다.

어째서 이렇게 되어버린 걸까.

바쁜 부모님이 크리스마스 아침에 선물을 주는 걸 포기하고 산타클로스의 정체를 직접 밝혔던 건, 아마 상관없다.

향후 몇 년 치 생일&크리스마스 선물을 융합해서 내 전용 컴퓨터를 특수 소환한 것도, 분명 상관없다.

없다. 없다면 없다. 아무것도 받지 못하는 크리스마스는 보수가 없는 이벤트처럼 의미가 없다는 생각은 안 했다.

아니, 진짜로 어째서일까. 전혀 모르겠네.

"뭐라고 생각해? 아코."

"어려운 문제네요."

부엌에 선 소녀가 플라스틱 주걱으로 냄비 가장자리를 톡톡 두드렸다.

"듣고 보니 말이죠. 저도 옛날에는 크리스마스를 좋아했던 것 같아요."

"오오, 아코도 산타를 기대하기라도 했어?"

"했어요 했어요. 산타에게 편지도 썼다고요~."

아코는 정중하게 대답을 적었다면서 조금 부끄러운 듯 말을 이었다.

긴 흑발에 핑크색 앞치마를 걸친 모습은 당장에라도 산타에게 편지를 쓰더라도 놀라지 않을 만큼 순수한 여자아이로 보인다.

그래도 실제로는.

"그럼, 옛날에는 좋아했던 크리스마스…… 지금은?"

"물론, 단호한 폐지파죠!"

진지한 얼굴로 이렇게 단언할 만큼, 확실하게 비뚤어지고 말았다.

그런 아코이기에 이렇게 잘 사귀고 있기는 하지만.

"크리스마스에게 멸망을, 자비는 없어요."

"그 말이 맞아. 내 생각을 잘 알고 있네. 아코!"

"그야 물론, 부부니까요!"

"부부는 아니지만."

온라인 게임상에서는 결혼했지만, 현실에서는 안 했으니까.

—이렇게 현실의 부엌에서 앞치마를 걸친 아코가 앞에 있는데 대체 무슨 소리를 하는 거냐는 의문이 들기는 하지만.

정말로 결혼 같은 건 안 했으니까 전혀 잘못되지 않았다.

"그나저나, 옛날에는 좋아했던 크리스마스가 왜 이렇게 거북해진 걸까."

"역시 현실을 알게 됐기 때문이 아닐까요."

아코는 냄비에 천천히 우유를 부으면서 몸을 흔들흔들 움직였다.

"어린 시절이라는 건, 게임을 처음 시작한 느낌이라고 생각해요. 언젠가 자신도 만렙을 찍고 굉장한 캐릭터가 될 거라는, 그런 희망을 품게 되잖아요."

"불길한 예감이 드는 도입부지만, 계속 들어볼까."

"그러다 점점 현실을 알게 되어서, 자신의 스테이터스와 성장 한계를 알게 되고, 될 수 없는 직업이 엄청 많고, 갈 수 없는 맵도 굉장히 많고, 참가할 수 없는 퀘스트도 잔뜩 있다는 걸 알게 되는 거예요."

"그, 그런……가?"

아코는 자신의 성장 한계를 너무 낮게 보고 있는 것 같은데.

"그래서 자신은 크리스마스 이벤트 참가 조건을 만족하지 못하는구나— 이걸 깨닫게 되면, 이제는 아무 상관없는 이벤트가 되는 거예요."

"그건 좀 아닌 것 같은데…… 그래도 그렇게 틀리지도 않은 것 같고……."

현실 스테이터스가 부족한 탓이라고 하면 그럴지도 모른다.

나도 효율적으로 레벨을 올려서 이상적인 스탯 투자를 했다면 크리스마스가 즐거웠을 것 같기도 하고.

"그럼 우리는 이제 평생 크리스마스 이벤트 참가권이 없는 건가……."

"다음 생에서 노력하죠."

"괴로워."

냄비를 휘적휘적 젓는 아코와 둘이서 크게 어깨를 떨궜다.

거북하다거나 싫다고 말하고는 있지만, 이렇게 유감스러운 기분이 드는 시점에서 실제로는 크리스마스를 즐기고 싶다는 마음으로 가득하단 말이지.

"오빠. 아코 씨하고 아까부터 무슨 얘기 해?"

그때, 거실 테이블에서 전채 요리인 크래커와 치즈를 진열하고 있던 미즈키가 마침내 견디다 못했는지 물었다.

"뭐냐니, 어째서 우리가 크리스마스를 싫어하게 됐는지에 대한 문제야."

"평생 크리스마스 이벤트 참가 조건을 만족하지 못했다는

게 확정됐으니까, 그런 결론이 내려졌어요."

"……두 사람…… 지금 뭘 하고 있는지, 알고는 있어?"

"뭐냐니……."

"그건……."

아코와 얼굴을 마주 본 뒤, 거실에 시선을 돌렸다.

그곳에는.

"후하하하하! 또다시 내가 체크 포인트에 골인! 이미 승리는 흔들림이 없구나!"

"또 쿄우 선배가 골인?! 이상하잖아!"

"으그극."

"뭐어?! 가난신, 나한테 왔어?! 계산 틀린 거 아냐?!"

와글와글 즐겁게 보드게임 소프트를 즐기는 친구들.

지금이야 게임으로 심심풀이를 하고 있지만, 네 사람 모두 아까까지 크리스마스트리 장식을 열심히 달았다. 덕분에 방은 굉장히 크리스마스 사양이 되었다.

테이블 위에는 미즈키가 준비한 전채 요리는 물론이고 아코가 만든 로스트비프, 마스터가 가져온 비싸 보이는 케이크 등이 비좁게 진열되어 있다.

작업 중인 몇몇 요리가 슬슬 완성되면 언제라도 파티를 시작할 수 있는 상태다.

즉, 지금 뭘 하느냐고 하면.

"그야 당연히 크리스마스 파티 준비지."

"슈슈, 이상한 걸 물어보네요? 아까부터 함께 파티용 요리를 만들고 있잖아요."

"이상한 소리를 하는 건 오빠랑 아코 씨야!"

그, 그랬습니까.

우리, 그렇게 화낼 만큼 이상한 소리를 했나?

"크리스마스이브에! 파티 준비를 하면서! 크리스마스가 싫다는 이야기를 즐겁게 하고 있다니, 어딜 봐도 이상한걸!"

"그건 그거, 이건 이거인 거지."

"크리스마스는 싫지만, 모두 함께 파티하는 건 즐거우니까요."

"두 사람은 왜 서로 이해하고 있는 건데!"

자기 나름대로 납득할 수 있는 즐거운 크리스마스를 보낸다고 해서, 크리스마스 폐지파가 아니라고 할 수는 없다.

인간이란 복잡한 거란다, 미즈키. 오빠의 가르침이야.

"으으…… 이제 됐어…… 둘이서만 친하게……."

아, 큰일이다. 토라졌어. 딱히 따돌릴 생각은 없었는데, 미즈키가 편승하기는 힘든 화제였을지도 모른다.

"미안해. 작업 중에 의미 없는 대화를 하고 있었을 뿐이야."

"맞아요. 머리를 전혀 쓰지 않고 이야기하고 있었으니까요!"

"그, 그것도 그것대로 어떤가 싶은데."

약간 기겁하면서 전채 요리를 모두 옮긴 미즈키가 부엌으로 돌아왔다.

"그래서 오빠. 샐러드는?"

"리퀘스트 대로, 과하게 많을 정도로 준비했어."

바보 같은 이야기를 하면서 만들던 샐러드는 내 감각으로는 명백하게 지나친 양이었다.

그러나 미즈키는 이거면 됐다는 듯이 끄덕였다.

"언니, 오븐 어때?"

"아까 낌새를 봤는데, 이제 괜찮을 거예요. 껍질이 바삭바삭한 게 좋을 것 같아서 조금 오래 넣어놨어요."

"네~에. 그럼 이제 피자 반죽 꺼낼게."

"화이트소스도 오케이니까, 피자와 바꿔서 치킨을 내놓을까요."

보는 대로, 올해는 우리 집에서 크리스마스 파티를 하게 되었다.

바쁜 연말. 우리 집 부모님은 날짜가 바뀔 무렵까지 돌아오지 않는다. 파티하기에는 안성맞춤이었다.

이런 식으로 모두가 모여서 와글와글 떠들고 있으니까, 솔직히 말해서 역시 크리스마스는 좋다고 생각하게 된다. 인간이란 속물적인 생물인 거다.

그런 마음에 젖어있는 사이, 아코는 피자 반죽을 주방 테이블에 올려놓으며 말했다.

"그럼 슈슈. 새언니랑 합작으로 피자를 완성할까요."

"언니 아니거든요."

미즈키가 차갑게 말하자, 아코는 한 점 흐림 없는 미소로 답했다.

"아까 언니라고 말했잖아요."

"그런 말을 했던가……."

그렇게 말하려다가 어라? 하고 순간 말을 멈췄다.

"말 안…… 했지? 어? 말했나?"

"완전히 말했다고요. 그쵸? 루시안."

거기서 나한테 넘긴다고?! 듣기는 했지만!

"뭐…… 응…… 나를 부르던 흐름으로 아코를 불렀으니까…… 나왔으려나……."

오빠, 언니, 부르기 쉬웠을 거다. 아마도.

우리 둘이 그렇게 말하자, 미즈키는 노골적으로 눈을 돌리더니 냉장고를 열면서 나지막하게 말했다.

"……말한 적 없는걸."

"부끄러워하지 않아도 되거든요~?"

"그만둬주세요."

미즈키는 콕콕 찌르는 아코에게 짜증을 내면서도 딱히 도망치려고 하지는 않았다.

첫 만남 때를 생각하면 참 친해졌다 싶다.

게임 안에서 둘이서 대화를 나누거나 놀기도 하는 모양인데, 그래도 현실에서 편하게 대하게 되기까지는 꽤 시간이

걸렸다.

그야말로 1년 정도가 필요했으니까, 커뮤력이 있는 미즈키 치고는 드문 일이다.

그래도 솔직히, 이러는 편이 안심이 된다.

나와 아코가 사이 좋다고 미즈키가 배려해주려고 친한 척을 하게 되면 미안하니까. 아코도 그런 표면적인 관계는 바로 알아챈다.

미즈키 나름대로 아코를 인정하고 받아들일 여지가 생겼다면, 그게 더 좋은 일이다.

—정말로 언니라는 틀에 들어가 버린 게, 진짜 바깥 해자를 메운 것 같아서 조금 무섭지만.

"오빠. 이제 도와주지 않아도 되니까 쉬어도 돼."

"모두 함께 게임 해도 돼요~."

전력 외 통보를 받고 말았다.

그야 피자 굽는 법은 전혀 모르니까, 두 사람의 방해만 되겠지.

"그러냐. 으음, 그래도 말이지."

그렇게 말해도, 라는 뜻을 담아 거실의 네 사람에게 시선을 돌렸다.

"이제 와서 저 분위기에 끼어드는 건……."

"아아…… 그건 그러네요……."

킨타로 전설이라는 보드게임 소프트를 플레이 중인 네 사람.

현재는 마스터와 떨어진 위치에 세가와, 아키야마, 후타바가 모여 뭔가 상담을 하고 있는데…… 들려오는 목소리가 무척이나 활기차 보였다.

“이대로 가면 마스터가 압승할 게 뻔해. 너희, 그래도 되는 거야?”

“협력해서 대항하자! 셋이 뭉치면 이길 수 있어!”

“어쩔 수 없네요.”

세 사람이 서로 고개를 끄덕이자, 마스터는 당당하게 고고함을 관철했다.

“훗, 뭘 해봤자 소용없다! 나의 넘쳐나는 아이템과 자금, 어떻게 막으려는 거지?”

핫핫핫, 하고 가슴을 펴며 크게 웃었다.

그 모습은 이미 플래그라고밖에 보이지 않았다.

그리고, 다음 턴이 시작됐다.

“먼저 나의 턴! 날려버리기 카드! 너로 정했다~!”

“느오오오오오옷?!”

문답무용. 체크 포인트에 들어가 있던 마스터가 머나먼 저편으로 날아가 버렸다.

다음 체크 포인트는 아득히 멀다.

“하, 하지만! 내게는 풍부한 이동 카드가 있다! 이것만 있다면 금방 체크 포인트에 도착할 수 있지! 날려버리기 정도로 이길 수 있다고 생각하지 마라!”

마스터가 이야기하는 사이에 돌아온 후타바의 턴.

마지막까지 말하게 두지 않고, 후타바가 카드를 사용했다.

"철 항아리 카드."

"느아아아아아악?!"

오오오, 그것도 가지고 있었나.

효과가 발동한 동시에, 마스터의 아바타가 커다란 철 항아리에 쏙 들어갔다.

어째서인지 곡괭이를 쥔 상반신만 항아리에서 몸을 내밀고 슬픈 듯이 이쪽을 보고 있다.

"내가 모르는 카드라고?! 이건 대체 뭐냐?!"

"항아리에 빠진다. 뭘 하더라도 1칸밖에 움직일 수 없다. 그것뿐."

"내 이동 카드가 쓸모 없어지다니이이이이!"

저걸 쓰게 되면 진짜로 망겜이 된단 말이지.

아무리 마스터라도 으그극 신음할 뿐이었지만…… 그래도, 눈은 아직 죽지 않았다.

"아직이다. 아직이다 너희들! 내게 가난신은 없으니까! 이대로 천천히 혼자 여행하더라도 아는 전혀 곤란하지 않아!"

"나의 턴! 온존해두고 있던 떠넘기기 카드!"

◆가난신 : 아카네 사장한테 있는 것도 지겨워졌엉. 다음은 쿄우 사장 쪽에 놀러 갈거양.

"끄아아아아아아아아아악!!"

우 와 아.

체크 포인트에서 아득히 멀리 쫓겨났고, 1칸밖에 움직일 수 없는 상태에서 가난신과 둘이서 여행이라니.

카드를 비싼 값에 사지를 않나, 자산을 멋대로 싸게 팔아치우는 등 터무니없는 짓만 하는 가난신을 계속 가지고 있으면 얼마나 손해가 나올까.

보드게임 식으로 말하자면, 이미 외통수입니다.

"어째서냐. 어째서 나만 이렇게 몰아세우는 거지."

마스터의 턴. 아바타는 슬프게도 곡괭이를 지면에 꽂아서 1칸을 움직였다.

"괴로워."

마스터는 말 그대로 괴로워 보인다.

아니, 그래도 보드게임에서 1위를 독주하면 그렇게 되는 게 운명이라고요.

"이후에는 아슬아슬하게 골인하지 않고 가난신을 즐겨주면 OK겠네."

"꿀좋네요."

"천천히 죽어줘!"

"굉장히 괴롭다."

마스터는 전략이나 전술에는 박식하지만, 실제로 친구와 대전한 경험이 적다.

그녀는 처음부터 너무 앞서나가면 담합이 손쉽게 일어난

다는 사실을 몰랐던 거겠지.

"하, 하지만, 이대로 가면 슈바인이 독주 상태로 들어가지 않나?!"

"훗, 눈치채고 말았네. 바로 그거야."

현재 2위인 세가와가 건방지게 웃으며 말했다.

"그래도 소용없어! 나는 모두와 달리 현금을 대량으로 남겨놨으니까! 이걸 갬블 카드로 두 배 이상으로 늘리면 거의 승리 확정! 내 운이라면 여유롭지!"

세가와는 의기양양하게 플래그로밖에 보이지 않는 말을 외쳤다.

그런 그녀 옆에서, 아키야마가 컨트롤러를 재빠르게 조작했다.

"다음은 내 턴이네! 친구 카드를 아카네에게 쓰겠습니다~."

"엥? 친구? 지금부터 친구가 되겠다고?"

"맞아, 친구! 사이좋게!"

씨익~, 사악한 마음은 조금도 없어 보이는 미소를 지으며 말했다.

"그런고로 친구 카드의 효과 발동! 아카네와 나의 소지금을 더해서 절반으로 나눕니다! 친구라면 당연한 일, 이었던가?"

"이건 너무하네요."

"뭐어어어엇?! 내 전략이 카드 한 장에?!"

심각한 카오스에 빠지고 말았다!

"게다가 나나코, 돈 거의 없잖아! 내 소지금이 거의 반감 됐는데?!"

"고마워! 역시 친구야!"

"너 같은 건 친구가 아니야!"

"너무해~."

그녀는 전혀 마음이 담기지 않은 국어책 읽기로 말했다.

싱글벙글 자기 현금을 확인하고 있는 아키야마는 행동은 몰라도 외모는 대단히 귀엽네요. 정말로 무섭다고 생각합니다.

"이렇게 되면 톱은 나나코네…… 건물을 가진 데다 내 현금도…… 이대로 가면……."

"나를 방어하고 있을 때가 아닐지도 모른다, 훗훗훗."

"마스터와의 협력도 시야에 넣어야 할지도 모르겠네……."

"뭐엇?! 아직 전혀 아니거든! 선배가 여전히 톱이잖아?!"

바로 직전에 당했던 마스터가 곧장 새로운 전략을 사용하기 시작했다.

그리고, 그런 말다툼을 이어가는 세 사람 옆에서.

"1, 2, 3, 4…… 골."

"……어?"

"엥?"

"뭐, 라고?"

후타바가 훌륭하게 체크 포인트에 도착. 보수를 받고, 맵 위에 다음 체크 포인트가 지정되었다.

새로운 체크 포인트는— 항아리에 봉인된 마스터 바로 근처.
“이, 이건! 왔다, 내가 누구보다도 빨리 골인할 수 있어!”
“잠깐만, 마스터 대책으로 골인하지 말라고 했었잖아!”
“그렇게 말하는 건, 들었어요.”
후타바는 훗, 하고 살며시 웃으면서 컨트롤러를 강하게 쥐었다.
“그래도 동의는 안 했어요.”
“이 망할 후배가아아아아아아.”
“정말로 배짱이 두둑하네~, 미캉…… 후후후후후…….”
“싸움이라는 걸 잘 알고 있구나, 미캉! 이 고쇼인 쿄우, 빚은 갚는 여자다!”
진짜로 활기차다.
가뜩이나 4인 플레이 게임인지라, 이제 와서 끼어들 수 있을 리가 없었다.
“그렇게 됐으니까, 뭔가 할 거 없나?”
“그럼 오빠, 이거 옮기는 거 도와줘.”
이거, 라고 가리킨 큰 접시에는 잘 구워진 닭 한 마리가 통째로 올라가 있었다.
“오, 다 구워진 건가.”
“응. 이제 파티 시작하자~.”
메인 디시도 완성.
마침내 이때가 왔다.

"좋~아, 거기 보드겜 빡겜 중인 사람들~, 치킨이 다 구워졌어~."
"게임 중단해주세요~, 식기 전에 먹어요!"
"새, 생각보다 무거워!"
영차영차 치킨을 나르는 우리를 본 네 사람이 눈을 반짝였다.
"우와~, 크리스마스 같네~! 굉장해~!"
"아직 안 끝났거든! 다 먹으면 결판을 낼 거야!"
"바라던 바."
"크리스마스라는 건 정말로 즐겁구나! 핫핫핫!"
전원이 요리가 잔뜩 놓인 테이블에 집합했다.
저번에 저질렀던 프라이드 치킨은 적게, 대신 손수 만든 요리의 숫자를 늘렸다.
맞다. 건배할 준비를 해야지.
"음료수랑 차면 되나? 처음에는 주스로 갈까?"
"아, 괜찮은 걸 사 왔어!"
아키야마가 짜잔~, 이라는 효과음과 함께 냉장고에서 병을 꺼냈다.
"샴메리~!"
의기양양하게 말하는데, 그게 뭐야?
외모는 왠지 와인하고 비슷한 병인데.
"그 공격마법 같은 이름의 아이템은 뭡니까."

"적 그룹에 30~40의 성속성 대미지를 준다든가."

"있을 법하네요!"

"아냐아냐. 여기 봐봐!"

아키야마가 병뚜껑을 돌리자, 퐁! 하는 소리가 나며 거품이 흘러나왔다.

"이예~이! 이거, 샴페인 같은 논 알코올 음료수야!"

"그럴싸하네요."

"그렇지~?"

후타바가 짝짝 박수를 보내자, 아키야마가 병을 닦으면서 대답했다. 그럴싸한 음료수는 고맙긴 한데.

"알코올은 안 들어, 갔지……?"

"없어없어. 괜찮아 괜찮아."

"다, 다행이야. 정말 다행이야."

이 멤버가 술주정을 부렸다가는 어떻게 될지 모른다.

진짜로 봐줬으면 좋겠다.

"그럼, 잔은 다 갔겠지?"

전원의 손에 샴메리 잔이 간 걸 확인한 마스터가 세가와에게 시선을 보냈다.

"그럼 슈바인, 건배 선창을 부탁한다."

"내가 하는 거야?"

"이번에도 부의 크리스마스 이벤트다. 부장으로서 의무를 다해야 하지 않겠나!"

"에이…… 뭐, 상관은 없지만."

조금 부끄러운 듯 어흠, 헛기침을 한 세가와가 우리를 돌아봤다.

"저기, 그게…… 여러 일이 있었지만, 이렇게 올해도 모두와 크리스마스를 맞이하게 돼서……. 아, 작년에 없었던 새로운 사람도 늘어났지만, 그런 것도 포함해서 전부 좋았다고 할까, 그러니까…… 아아, 정말. 귀찮네!"

안에 있는 액체를 쏟지 않을 정도의 힘으로 잔을 척 내밀고는.

"오늘은 즐기자! 메리 크리스마스!"

메리 크리스마스!

전원의 목소리와 잔 울리는 소리가 겹쳤다.

††† ††† †††

"맛~있~다~!"

"입 안에서 닭고기가 펄떡펄떡 춤추네요!"

"그건 의성어 사용법이 잘못됐잖아?!"

아아, 맛있다…… 몸에 아미노산 같은 게 스며들어……!

준비에 시간이 걸린 탓에 다들 배가 고팠다. 그래서 우리는 우걱우걱 전력으로 식사에 집중했다.

누군가의 휴대전화에서 울리는 크리스마스 송이 일단 그

럴싸한 느낌을 주고 있다.

"미안해~, 이쪽 준비를 맡기기만 했네."

"괜찮아요! 자매끼리 즐겁게 만들었으니까요!"

"자매 아니거든요."

"슈슈~!"

차가운 여동생과 울상인 언니를 보고 쓴웃음을 지은 아키야마가 테이블 위를 가리켰다.

"근데 이렇게나 이것저것 만들 줄은 예상하지 못했는데."

실제로 어딘가에서 파는 오르되브르 같은 걸 내놓으면 충분하지 않냐는 이야기를 했었다.

진지하게 요리를 만들 예정은 전혀 없었다. 이건 아코와 미즈키의 독단이다.

"알고는 있었지만, 슈슈랑 상담을 해보니까……."

"아코 씨랑 둘이서 분담하면 이것저것 만들 수 있을 것 같아서……."

"그만 불타올라버렸구나."

친한 사람들 앞에서는 의외로 의욕을 보이는 아코와 뿌리부터 남을 잘 돌봐주는 미즈키. 의외로 하는 행동이 공통되어 있다.

"하지만 루시안. 이렇게 실례하고 있기는 하지만, 부모님은 정말로 괜찮은 거냐? 가족끼리 크리스마스를 보낼 예정은?"

"없어없어. 그보다, 오히려 엄마가 있는 게 훨씬 큰일이라고."

"자식의 친구가 놀러 오는 크리스마스라니, 한 달 전부터 준비할 것 같아……."

가뜩이나 연말은 바쁘니까, 아이는 아이끼리 즐겨준다면 무척 편하다— 이게 본인의 말이다. 아무 문제도 없습니다.

"그러고 보니, 어머님에게는 인사를 했지만, 아버님은 아직 뵙지를 못했네요."

"만나지 않아도 돼, 만나지 않아도 된다고."

"우우, 루시안은 또 그런 소리를."

"이번에는 이상한 의미로 한 말이 아니야. 진짜로 신경 쓰지 않아도 된다고."

평소처럼 신부처럼 행동하려는 아코에게 스톱을 걸었다.

그런 익숙한 대화를 듣던 세가와가 문득 끼어들었다.

"가족에게 인사라든가, 그런 거 딱히 필요 없잖아."

뭔가 꺼림칙하다는 듯이 닭고기에 포크를 꽂고는 말을 이었다.

"가족은 가족, 타인은 타인이잖아. 사귀고 있습니다~, 라든가 결혼 생각하고 있습니다~ 같은 말은 본인에게만 하면 돼. 자기만족에 말려들게 하지 말았으면 좋겠어."

"아뇨, 저희는 결혼했으니까 타인은—."

"그런 건 됐으니까."

"슈가 차갑지 않나요?!"

아코의 머리 위에 까앙 하고 쇼크를 받은 감정표현이 보이는 것 같았다.

“무슨 소리냐. 가족이란 친하게 지내야 하는 법이다!”

“마스터 같은 집하고 일반인은 다르다고!”

“우, 우리 집도 일반인 가정이다만?!”

아무리 그래도 그 의견은 아무도 동의하지 못한다고 생각합니다.

“그래도 웬일이야? 아카네. 평소에는 남의 가정 사정 같은 건 신경 쓰지 않으면서.”

“딱히, 이런 날도 있는 거지.”

얼버무리듯이 말한 세가와는 프라이드 치킨을 확 물어뜯었다. 오우, 와일드하시군요.

“그러고 보니, 말인데.”

말하기 힘들어 보이는 세가와의 분위기를 민감하게 느꼈는지, 아키야마가 화제를 바꿨다.

“아카네도 그랬지만, 크리스마스인데 전원이 다 모였네.”

아무래도 유감스러운 듯한 말투였다.

상관없잖아. 뭐가 문제라는 거야.

“안 되나? 안 되는 건가? 모두 모였으니까 잘됐잖아.”

“그러게요. 오히려 또 뭘 한다는 건가요?”

나와 아코가 말했다.

“이후에는, 로그인해서 리얼충을 욕하는 것 말고는 떠오르지 않네.”

"평범한 우리잖아."

"메인캐라면 크리스마스 외톨이라는 게 들키니까, 일부러 서브캐로 몰래 로그인한다거나!"

"그만둬어!"

너무 기억에 생생하잖아!

그런 우리를 보던 아키야마가 쓴웃음을 지었다.

"그게 아니라. 고등학생의 크리스마스니까 기왕이면 연인과 보낸다든가, 그런 게 있어도 되지 않을까 해서."

그리고는 우리를 돌아보며 하아, 하고 한숨을 내쉬었다.

"이렇게나 여자아이가 많은데, 남친이 한 명도 없다니."

무슨 말씀을!

나는 여자아이가 아니지만, 상대는 있다고!

"실례네!"

"맞아요."

아코와 고개를 끄덕이고는, 입을 모아 말했다.

"나는 여친이 있다고!"

"저는 남편이 있어요!"

—모이지 않았다. 입이 전혀 모이지 않았다.

우리는 말없이 서로를 마주 봤다. 여기서도, 여기서도 양보하지 않는 거냐. 아코.

"연인들의 성야, 크리스마스조차도 의견이 안 맞는 건가……."

"크리스마스는 가족끼리 보내는 법이에요! 오늘은 제가 올바르다고요!"

"작년도 똑같은 소리를 하지 않았어? 올해는 연인 쪽으로 와도 되잖아!"

"내년에도 가족끼리 보내자고 말할 거예요!"

"꺾일 생각이 없잖아……!"

나의 신부는 뭘 모른다.

크리스마스 정도는 연인 기분을 맛봐도 되잖아……!

"응. 두 사람에게는 의견이 통일되고 나서 이야기를 듣기로 하고."

아키야마는 테이블 구석에 앉은 두 사람에게 시선을 힐끔 돌렸다.

"1학년의 두 사람은 어때? 그런 기, 없어?"

"그~러고 보니, 미캉하고 여동생은 남친 같은 게 있어도 이상하지 않네."

"뭐……라고……?"

미즈키에게 남친……이라고?!

우리 귀여운 여동생에게 못된 벌레가 붙는다는 건가!

"후타바는 그렇다 치더라도, 미즈키에게 남친이라니 터무니없는 소리!"

"그렇다 치더라도는 뭔가요."

"오빠는 허락할 수 없습니다!"

"선배? 안 들려요?"

"딱히 있는 건 아니지만…… 있다고 해도 오빠하고는 상관없잖아."

미즈키는 싸늘~한 눈으로 나를 바라보며 차갑게 말했다.

어째서야! 부모님은 몰라도, 나한테는 말해줘도 되잖아!

"단둘뿐인 남매잖아! 뭐든 이야기해줘야지!"

상관없지는 않은 거 아니냐고 묻는 나에게, 미즈키는 시선의 온도를 더욱 내리며 말했다.

"아코 씨에 대한 걸 계속 입 다물고 있던 오빠한테 그런 말을 들을 이유는 없는걸."

"끄오오오오오오."

그 말씀이 옳습니다아아아아!

그렇지. 난 아코에 대한 걸 계속 입 다물고 있었지. 미즈키에게도 입을 다물 자유는 있지.

찍소리도 나오지 않는 정론이라 나는 무너질 수밖에 없었다.

"못난 오빠네."

"한심하네요."

하지만 부끄러웠다고. 아코가 그렇다기보다는, 여친이라고 말할 수 있을 것 같으면서도 말할 수 없는 모종의 관계라는 복잡한 설명을 해야 하니까.

"그렇지. 나한테는 불평할 권리가…… 아니, 하지만…… 아아……."

"으음, 남편이 시스콘이었다, 대처법, 검색……."

"그게 아니니까 검색하지 마, 아코."

일단 헤어지라는 무서운 소리가 적혀있을 것 같으니까.

그런 내게서 시선을 돌린 미즈키가 후타바에게 시선을 돌렸다.

"미캉한테는 친한 남자가…… 있었던가?"

"응?"

크래커를 물고 있던 후타바는 의아한 듯이 고개를 갸웃했다.

"남자? 왜? 필요해?"

"……필요 없지."

슬픈 결론!

모든 남자를 멋대로 대표해서 말하는 건데, 남자를 좀 더 사랑해줘!

"애초에 말이죠. 크리스마스는 연인의 날이라는 풍조가 나쁜거에요."

아코가 테이블에 떡하니 손을 올리며 말했다.

"행복한 사람을 위한 이벤트라는 건, 불행한 사람을 더욱 불행하게 한다고요! 친구나 가족과 보내는 올바른 크리스마스를 전파한다면, 괴로워하는 사람이 더 줄어들 거예요!"

"그건…… 좀 과하다고 생각하지만……."

아키야마는 납득이 가는 듯도 하고, 안 가는 듯도 한 복잡한 표정을 지었다.

"애초에 아코, 너는 제일 신경 쓸 필요 없는 포지션이잖아. 남친이든 남편이든 간에, 어쨌든 다른 건 없으니까."

"무슨 소리인가요! 지금은 루시안이나 모두가 있어서 즐거운 크리스마스를 보내고 있지만…… 이런 건 언제 사라져도 이상하지 않다고요! 크리스마스 외톨이는 남 일이 아니에요! 한 치 앞은 외톨이라고요!"

"틀린 건 아니야. 사람은 누구나 외톨이가 될 수 있어. 아코나 모두와 떨어질 때를 생각해서, 지금부터 예방선을 쳐둬야 해. 그래, 한 치 앞은 외톨이!"

"이 바보 부부는……."

세가와는 두통을 참으려는 듯이 머리를 감싸 쥐었다.

아니아니, 언제나 위기감을 가지고 살아야 한다고. 크리스마스 외톨이는 누구에게도 찾아올 수 있단 말이야. 구체적으로 3년 전의 나는 평범한 외톨이였으니까.

"정말~, 그건 그것대로 서로의 신뢰 관계가 부족한 거 아냐? 사귀고 있을 때부터 이별한 뒤를 상상하는 건 좀 그렇잖아."

"그건 내 성격이라고."

"지금까지의 인생은 줄곧 솔로였으니까요……."

자신의 멘탈을 위해, 항상 각오해두는 버릇이 생겼단 말이지.

"인생은 조금만 긴장을 풀면 솔로 플레이가 기다린다. 그건 동의하겠지만, 말이다."

그런 우리의 대화를 듣던 마스터가 무거운 목소리로 말했다.

"애초에 우리의 연령에서 이성과 크리스마스를 보내는 건 제약도 많고 그리 즐겁지는 않다. 친구나 가족끼리 보내는 게 올바르겠지."

"그건, 그럴지도 모르지만."

아키야마도 일리 있다며 끄덕였다.

"화려한 레스토랑에 가서, 술을 마시고, 늦게까지 함께 보내고…… 그런 게 가능한 건, 유이 선생님 정도니까."

"……어라?"

그 말을 들은 미즈키가 문득 내 소매를 당겼다.

"오빠. 언제나 냐아냐아 거리는 선생님은?"

"아아, 선생님? 선생님이라면 이번에는 안 불렀는데."

"어째서? 혹시 괴롭힘? 그런 건 좋지 않아."

"어째서 신세 지고 있는 선생님을 괴롭혀야 하는 건데."

그럴 리가 없잖아. 오히려 와줬으면 좋을 정도다.

"선생님도 연인이 있을지도 모르니까, 미안해서 권유하지 못했어요."

"매해 크리스마스마다 학생들 뒤치다꺼리나 하는 것도 좀 그렇잖아."

"흠. 부르는 게 오히려 미안하다는 이야기가 나와서 말이다."

선생님은 좋은 어른이다. 크리스마스를 함께 보낼 이성 정도는 있을 거다…… 있겠지……? 잘 모르겠지만, 있다고 가정해야 한다.

그래서 일부러 부르지 않았다.

장기 휴가일 때 딱 하루 부탁하는 거면 모를까, 매년 크리스마스마다 부르는 것도 민폐니까.

"지금쯤 화려한 레스토랑에서 샴페인 같은 걸 마시고 있지 않을까?"

"유이 선생님~, 어른이네~."

"……근데, 저건?"

미즈키가 방구석을 가리켰다.

그 너머에는 거실 한구석에 명목상 놓아둔 노트북이 있었다.

누군가에게 연락이 왔을 때를 위해서, 대표로 나의 루시안을 모임장에 방치해두고 있다.

크리스마스 파티 중이라고 표시된 그 캐릭터 옆에서.

◆고양이공주 : 훌쩍훌쩍훌쩍훌쩍냐우냐우냐우냐우.

"뭔가 있어어어어어어어어!"

고양이공주 씨, 대놓고 있잖아!

평범하게 루시안 옆에 앉아있어!

"왜 고양이공주 씨가 있는 건가요?!"

"저 사람 저런 데서 뭐 하는 거야?! 크리스마스인데?!"

후다다닥 자리에서 일어나 노트북을 둘러쌌다.

가까이서 봐도 변함이 없다. 드레스 차림의 소녀가 훌쩍 훌쩍 우는 감정표현을 내고 있다.

"어쩌지, 말 걸어볼까?"

"아무리 그래도 내버려 두는 건 좀 불쌍하잖아."

"……좋아."

크리스마스 파티 중이라는 표시를 끄고, 고양이공주 씨에게 고개를 돌렸다.

◆루시안 : 고양이공주 씨, 이런 곳에서 뭐 하는 건가요.

◆고양이공주 : 냐앗!

귀와 꼬리가 쫑긋 반응한 고양이공주 씨가 벌떡 일어났다.

이 사람, 계속 화면 보고 있었던 건가!

◆고양이공주 : 루시안…… 고양이공주 씨에게는 듣는 것도 눈물, 말하는 것도 눈물인 이야기가 있다냐…….

◆루시안 : 네, 네. 들어볼까요.

◆고양이공주: 그건 12월 초순. 올해 크리스마스는 어떻게 할까 생각하던 고양이공주 씨의 귀에 이런 이야기가 들어왔다냐.

◆고양이공주 : 작년에는 부실이었지만, 올해는 루시안의 집에서 모두 함께 즐겁게 파티를 연다……는 거였다냐.

◆루시안 : 네. 상담할 때 고양이공주 씨도 있었으니까요.

부실에서 상담할 때, 선생님도 구석에 있는 데스크에서 일하고 있었다.

이야기는 물론 들렸을 거다.

◆고양이공주 : 모두 즐겁게…… 그렇다면, 그건 고양이공주 씨도 부르는 거겠구나, 올해 예정은 이걸로 결정이다냐. 고양이공주 씨는 그렇게 생각하고 있었다냐.

◆루시안 : 어?

◆고양이공주 : 근데 아무리 지나도 연락은 없고…… 정신이 들자 당일이었다냐. 장소도 시간도 알고 있지만, 찾아가는 건 마음에 걸려서…… 그저, 그저 여기서 기다리고만 있는 고양이공주 씨…… 아아, 정말 슬픈 이야기다냐…….

권유를 기다리고 있었다니!

말해줬으면 됐잖아. 간다고! 안 된다고 말할 리가 없는데!

"이건, 우리의 쓸데없는 배려였나……."

"예정을 비워두고 있었구나. 곤란하네."

세가와가 아차~, 하고 이마에 손을 댔다.

이건 미안한 일을 하고 말았다.

◆루시안 : 저기, 따돌리던 게 아니고요. 매해 크리스마스에 부르는 것도 죄송하고, 어른에게는 어른의 일이 있는 게 아닌가, 그런 마음이 들어서 말이죠…….

◆고양이공주 : 학생이 권유해줬으니까 어쩔 수 없다냐~, 아~ 곤란하다냐~, 이런 대인기 교사라는 분위기를 내면서 부모님과 친구의 추궁을 피할 완벽한 플랜을 구축하고 있었다냐! 다른 예정 같은 건 전혀 안 넣었다냐!

◆루시안 : 작년에도 그런 말을 했었죠!

2년 연속으로 똑같은 변명인가!

그럼 와주는 게 오히려 고마웠겠지만…….

“부를 걸 그랬네.”

“그러게요.”

“저기, 부른다면 지금이라도 와달라고 할까?”

아키야마는 아직 요리도 남아있다며 그렇게 말했다.

지금부터 이동한다고 생각하면 별로 시간이 없는데…….

◆루시안 : 벌써 시작해버려서 죄송하긴 한데, 언제든 와주세요.

무리라고 생각하면서도 일단 적어봤다.

그러자, 고양이공주 씨의 눈동자가 번쩍 빛났다.

◆고양이공주 : 괜찮은 건가냐?! 언질 받았다냐?

◆루시안 : 괜찮긴 한데, 도착하는 건 언제인가요?

그렇게 채팅을 친 순간.

철컹. 현관 쪽에서 문이 열리는 소리가 났다.

“엥?”

“뭔가 소리가 나지 않았나요?”

게다가 타탁타탁 가벼운 발소리가 들리더니.

“내가 왔다냐아아아아아!”

“우와아아아아아아악!”

노트북을 든 선생님이 들어왔다~!

"바로 왔다~!"
"잠깐, 선생님 어디 있었어?!"
"바깥의 차 안이다냐! 부르는 걸 이제나저제나 기다렸다냐!"
"대체 얼마나 기다린 거야!"
집 앞까지 와 있었다고?!
이 채팅도 차 안에서?!
"고양이공주 씨. 어떻게 로그인한 건가요?"
"테더링이다냐."
"이걸 위해 대체 몇 기가를 쓴 거야."
그렇게까지 하는 건가.
오히려 그렇게까지 오고 싶었으면 바로 들어오면 됐을 텐데!
우리의 어안이 벙벙한 시선이 오히려 즐거운지, 선생님은 주먹을 홱 쳐들며 말했다.
"자, 크리스마스다냐! 활기차게 가자냐아아아아아!"
"오오오오!"
늦게 온 걸 만회하려는 선생님의 의욕을 보고, 우리도 일제히 목소리를 높였다.

††† ††† †††

"핫핫핫, 역시 나의 승리였구나! 마지막에는 조금 버거울지도 모른다고 생각하기도 했던 것 같지만, 이기면 장땡이다!"

"길마, 섭마 콤비 대승리네!"

대략 세 시간 뒤.

마스터와 어깨를 나란히 하고, 이예~이 하며 패배 팀을 놀려대는 내가 있었다.

"아니, 이상하잖아! 루시안 카드라는 게 뭐야! 있지도 않은 카드를 날조해서 니시무라를 동원하다니 치트잖아!"

"킨타로 전철은 우리 집에 있는 소프트라고? 아버지나 미즈키와 승부해야 하니까 당연히 엄청 파고들었지."

집에서 킨철 승률 제1위는 아버지지만, 2위는 나다. 공략 정보라면 맡겨두라고.

"그에 비해, 우리 아코 카드는 밥을 가져오기만 할 뿐이었는데……!"

"맛있게 먹었잖아요!"

아코 카드의 효과 너무 수수해!

"마지막에 아슬아슬하게 골인했으면 이겼는데…… 미안해, 미캉."

"괜찮아요. 다음에는 이길 거니까. 역시 적은 선배."

"파티 게임은 좀 더 마음 편하게 하는 게 아닐까아."

"진지하게 해야 재미있는 거다냐."

기왕이면 전원이 하자고 해서, 외부 협력자도 넣은 확대 룰로 진행된 킨타로 전철 최종 결전.

아슬아슬하게 이겨낸 나와 마스터가 승리 팀이다. 상품도

뭐도 없지만, 대만족이다.

"……어라, 벌써 이런 시간이네."

한바탕 신나게 논 뒤에, 세가와가 시계를 보며 말했다.

시간은 아홉 시 반을 조금 지난 무렵. 가족의 허가도 받았고, 선생님도 있긴 하지만, 슬슬 돌아가지 않으면 문제가 되는 시간이다.

"차라리 묵고 가면 안 되나요?"

"전원이 묵을 공간이 대체 어디에 있다는 거야."

조만간 부모님도 돌아올 거고, 안 돼 안 돼.

"그러게. 교칙에 있는 19시 귀가라는 말은 하지 않겠지만, 23시까지는 반드시 집에 도착해야 하니까. 선생님이 마에가사키 역까지 바래다줄 테니까, 이후에는 각자 역에서 가족을 부르거나, 조심해서 돌아가기로 하자."

선생님이 그렇게 말하고는 준비하라며 모두를 재촉했다.

"흠? 그럼 선생님은 역까지 우리와 함께 갔다가 차를 가지러 돌아오시는 겁니까?"

"차를 두고 돌아갈 수는 없잖니."

"……그렇군요! 그럼, 괜찮겠지? 세테."

"아, 그러게!"

마스터와 아키야마의 머리 위에 전구가 번쩍였다.

뭐야뭐야, 갑자기 뭔데.

"괜찮겠지? 슈바인."

"아~, 그래그래."

세가와는 어쩔 수 없다는 듯이 무척이나 대충대충 수긍했다.

"역에서 돌아갈 때 사이토 교사를 홀로 둘 수야 없지. 니시무라 가 쪽에서도 동행을 부탁하고 싶다."

"아아, 그런 이야기? 그럼 내가 갈게."

밝은 대로에서, 게다가 전투력이 높은 선생님을 걱정하는 것도 이상한 이야기지만, 일단 남자인 내가 어울려주기로 하자.

그렇게 말한 내 어깨를, 아키야마가 꽉 잡았다.

저기, 조금 아픈데! 왠지 힘은 많이 담긴 것 같지 않은데도 엄청 아파!

뭐, 뭐야?! 내가 뭐 이상한 말이라도 했나?!

"니시무라는 집 정리를 해줘. 부모님이 돌아오기 전에 끝내야지. 대신해서 미즈키, 같이 가줄래?"

"어, 저…… 말인가요?"

"응응. 그게, 미캉을 선배들 속에서 혼자 두는 것도 딱하잖아?"

화제를 넘겨받은 미캉이 말했다.

"……응? …………아~, 선배가 잔뜩 있어서, 진정이 안 되네~."

"너, 언제나 우리 한가운데에서도 태연하게 있잖아!"

"엄청 국어책 읽기 같고, 보나 마나 거짓말이네…… 가긴

가겠지만……."

"왠지 미안……."

피곤한 듯이 말하는 미즈키에게 손을 맞댔다.

사정은 모르겠지만 일단 선생님과 함께라면 괜찮을 테니까, 후타바를 바래다주세요.

"그럼 내가 남을 건데……."

"혼자서는 효율이 나쁘겠지. 아코도 남아서 뒷정리를 돕도록 해라."

"네?"

갑자기 말이 날아오자, 아코가 진짜로 놀란 목소리로 말했다.

"그럼 저는 언제 돌아가야…… 아뇨, 묵어도 상관없긴 하지만요."

"집도 가까우니까, 유이 선생님한테 차로 바래다 달라고 하면 돼."

아키야마가 그렇죠? 하고 선생님의 어깨에 손을 올렸다.

"으~음…… 뭐, 괜찮겠지. 크리스마스니까."

선생님은 조금 쓴웃음을 지으며 끄덕였다.

으으음, 그건, 다시 말해서.

"그런고로, 뒷정리조 이외에는 귀가! 바로 돌아갈게! 실례했습니다~!"

"그럼 다들, 바깥은 추우니까 따뜻하게 입고 나가렴."

"으으음, 저기, 오빠?!"

"두 사람도 좋은 성야를."

"그럼, 나중에 로그인하라고~."

"……(척)."

후타바의 엄지를 세운 의문의 행동을 마지막으로, 다섯 명은 재빨리 방에서 나갔다.

멍하니 있던 사이, 이 자리에 남은 건 아코와 나.

"혹시……."

"배려를 해줘서 단둘이 있게 해준 건가."

"괴, 굉장히 노골적이었는데요!"

아코는 상황을 깨달은 이후에도 조금 곤란한 표정을 지었다.

평소에는 적극적이면서 이런 노골적인 시추에이션을 만들어주면 조금 쑥스러워한단 말이지.

"……뭐, 일단 뒷정리를 할까."

"그러게요. 먼저 해버려요."

둘이서 테이블에 남은 요리를 모으고, 방의 장식을 정리하고, 쓰레기를 분리했다.

틈틈이 정리한 덕에 그렇게 시간을 들이지 않고 방을 원래 모습으로 되돌렸다.

"이야~, 아코가 있어 줘서 다행이야."

"물론, 가정의 일은 제가 해야 하니까요."

"그런 고전적인 아내가 될 필요는 없는데!"

"아, 차를 타올게요."

"안 듣잖아…… 부탁합니다."

아코는 이미 잘 아는 남의 주방에서 차를 준비했다.

"늦은 시간이니까, 카페인이 들어가지 않은 루이보스 티로 하죠."

"그런 게 우리 집에 있었나."

이미 나보다 더 잘 아는 게 아닐까.

테이블에 포트를 놓고, 차가 나올 때까지 잠시 기다렸다.

"…………."

"………………."

우리는 마주 보고 앉아서, 아무것도 이야기하지도 않고 서로의 얼굴을 바라봤다.

아코는 몸을 좌우로 흔들면서 기분 좋게 미소를 짓고 있다.

딱히 억지로 말을 하지 않아도, 이곳에 있기만 해도 행복한 분위기라는 걸 알 수 있다.

"크리스마스는 엿이나 먹으라는 마음은 있지만…… 이렇게 둘이 있는 건 역시 기쁘네."

"그러게요. 친구와 함께인 것도 기쁘지만, 그래도 역시 루시안과 있는 게 좋아요."

아코는 헤벌쭉 웃으며 말했다.

이성과 마주 보고 있는데도 무척 얼빠진 표정이다. 그래도 옛날보다 더욱 거리가 줄어든 느낌이 들어서, 왠지 기뻤다.

"아, 맞아요!"

아코가 자리에서 일어났다.

"마침 시간이 있어서 다행이네요. 주고 싶은 게 있어요!"

아코는 핑크색 봉지를 들고 돌아왔다.

아, 이건 혹시.

"크리스마스 선물이에요! 여기요!"

"오오, 준비해준 거구나."

"물론이죠! 이번에는 여유를 두고 준비했어요!"

"작년에는 수면 부족이었으니까."

올해는 그런 낌새가 없어서 아무것도 없을 줄 알았는데.

"열어봐도 돼?"

"어서요 어서요. 별로 자신은 없지만요……."

수제로 보이는 크리스마스 포장을 열자, 안에는 따스해 보이는 털실로 뜨개질한 물건이 들어있었다.

펼쳐보니 꽤 크다.

"오오, 털실의…… 털실의…… 어어, 뭐지? 스웨터는 아니고…… 머플러도 아니고……."

이거 뭐지? 털실로 짠, 커다란 사각형 천 같은 느낌의 물체.

커다란 포와링 그림도 들어가 있어서 공을 들인 것 같긴 한데, 어떻게 쓰는 거지?

"이건 말이죠. 루시안 절대 감기 걸리지 않는 스톨, 이에요!"

"……나 절대 감기 걸리지 않는 스톨?"

"맞아요! 절대로 감기에 걸리지 않아요!"

"절대라니, 거창한걸. 어떻게 쓰는데?"

"어깨에 걸쳐서 덮는 실내 방한복으로 써주시면 좋을 것 같은데요……."

아코는 이런 느낌이라면서 어깨를 덮듯이 확 펼쳐서 걸쳐 주었다.

걸쳐보니, 마침 가슴 부분에 포와링이 오는 디자인인 모양이다.

"오, 그렇구나. 따뜻하네."

"게다가, 게임할 때 곤란하지 않게 손을 꺼낼 수 있는 슬릿도 있어요."

"정말로 잘 만들었네!"

팔의 방해가 되지 않게 커다란 슬릿이 들어가 있다. 여기서 손을 빼면 게임을 할 때도 쓸 수 있는 건가.

"이걸 걸치고 온라인 게임을 하면, 확실히 감기에는 걸리지 않을 것 같아."

"그렇죠?"

의기양양하게 말한 아코가 스톨 위에서 내 어깨를 매만졌다.

"사실은 언제나 같이 있으면서 몸 상태를 지켜보고 싶지만…… 지금은 그럴 수 없으니까요. 저 대신 써주세요."

"고마워. 소중히 쓸게."

겨울에 게임할 때는 계속 입어야겠다.

더워지면 에어컨을 켜서라도 입자. 응.

이크, 받기만 해서는 안 되겠지.

"실은 나도 선물이 있는데."

"정말인가요?!"

건네줄 타이밍이 생겨서 다행이다.

나는 아코처럼 뜨개질을 할 수 있다거나 요리를 할 수 있다거나, 그런 특기는 하나도 없다.

뭘 줘야 할지 고민해봤는데…….

"이거, 받아. 메리 크리스마스, 아코."

"감사합니다!"

방구석에 몰래 놔둔 상자를 아코에게 살며시 건네줬다.

아코가 뚜껑을 열자, 안에는 한 권의 고풍스러운 책이 있었다.

"……마도서 같은 건가요?"

"유감이지만 마법은 쓸 수 없어."

"쓸 수 있다면 어떨까 생각해봤어요!"

겉보기는 웬 마도서인가 싶은 분위기의 책이지만, 내용은 다르다.

"자, 이건 앨범이야."

"아, 모두의 사진이 들어있네요."

나와 아코, 그리고 모두가 함께 찍은 사진이 가득 들어간 앨범이다.

만난 계기가 판타지 게임이었으니까, 겉모습도 그에 맞췄다.

"언제나 폰으로 찍으니까 데이터는 남아있지만, 조금 풍류가 없다고 생각해서 말이지. 모두에게 괜찮은 걸 받아서 앨범을 만들어봤어."

"그것만이 아니라, 여기 게임 스크린샷도 잔뜩 들어있네요."

"우리의 추억은 절반이 온라인 게임이니까."

게임 속의 스크린샷도 확실히 추억의 앨범에 수록되어 있다.

직접 찍은 건 물론이거니와, 틈만 나면 스크린샷을 찍는 버릇이 있는 세가와에게도 괜찮은 걸 받았으니까 꽤 충실한 라인업이 되었을 거다.

"굉장히 멋져요! 감사합니다!"

"기뻐해 주니 다행이네. 아니, 정말로."

인쇄할 때도 사진용의 좋은 종이를 사용했고, 은근히 수고와 시간이 걸렸다.

제대로 기뻐해 줘서 정말 안심했다.

"어라, 근데 이거, 절반밖에 채워지지 않았네요."

"그렇다니까."

사진이 붙은 건 앨범의 절반까지다.

앨범 한 권을 다 채울 정도의 사진은 없었지만, 게임 내 스샷도 있었으니까 엄선하지 않았다면 한 권 분량을 채우는 건 충분했다.

그러나, 전부 채우는 건 뭔가 좀 아닌 것 같았다.

"아까 언제 끝날지 모른다고 말했었는데. 역시 남은 절반을 함께 채우고, 다음 앨범을 만들기 시작할 정도까지 함께 있을 수 있다면 좋겠다고 생각해서……."

"……루시안……."

"추억을 좀 더 만들자는 마음을 담아서 절반만…… 아니, 이거 부끄럽네. 모두가 남아있었다면 절대 말 못 했을 거야."

"모두 앞에서도 말해주세요오."

"나보고 죽으라고?!"

키득키득 웃은 아코는 책을 꼬옥 안았다.

"오늘은 정말, 너무 근사한 추억이에요. 고맙습니다."

"응, 그럼 다행이네."

"그래도…… 좀 더 추억, 필요해요."

아코가 탁, 탁, 천천히 발을 내디뎠다.

"뭐야, 욕심쟁이네."

"안 되나요?"

"……그렇지는 않지만."

뭘 원하는지는 물어보지 않아도 알 수 있다.

아코와의 거리를 좁혀서, 체온이 느껴질 때까지 다가갔다.

자신이 이런 행동에 익숙해지기 시작한다는 것에 조금 놀라면서, 나를 올려다보는 아코의 얼굴을 향해 다가갔다.

"루시안……."

"아코. 이럴 때 정도는 이름으로—."

부스럭부스럭, 미약한 소리가 들렸다.

"……응?"

"어? 왜 그래요?"

"지금, 무슨 소리가."

들린 것 같다고 말하기 전에.

찰칵, 하고 현관문이 열리는 소리가 들렸다.

"어, 선생님일까요?"

"캑, 벌써 그런 시간인가."

그런 것치고는 아무 목소리도 안 들리는데.

선생님이 돌아왔다는 건 미즈키도 있다는 거 아닌가?

약간의 위화감을 느끼면서 일단 아코와 조금 거리를 벌리려던 그때.

거실 문이 열렸다.

"어~이, 돌아왔다고~."

그리고 낮은 목소리가 들리며, 남자가 당당하게 들어왔다.

"…………."

"………………."

"……오? 뭐야? 히데키의—."

이어지는 말을 가로막듯이, 품속에 있던 아코가 홱 떨어졌다.

"시시시시시, 실례했습니다앗!"

"아코?!"

가방을 확 잡고는, 잽싸게 코트를 안고 도망치듯이 내달렸다.

체육 시간에 달릴 때보다 빠른 거 아닐까?

휘잉~ 하는 소리가 들릴 정도의 기세로 거실을 나가버리고 말았다.

『어라, 타마키? 그렇게 당황하다니 무슨…….』

『차 운전해주세요, 선생님! 빨리~빨리~빨리~빨리~!!!』

『냐아아아아아앗?!』

그리고 차의 엔진음이 들리더니, 그 소리는 바로 멀어지고 말았다.

선생님도 돌아왔었구나.

아니, 그런데…… 내놓고 달아났네.

이렇게 전력으로 도주한 아코는 오랜만에 봤다.

솔직히 아키야마에게서 도망쳤을 때만큼의 도주 속도였다.

"아…… 그거냐, 히데키. 좋은 분위기였는데, 방해했나?"

"그게……."

방해가 아니었다고는 말할 수 없다. 오히려 방해였다고 말하고 싶다.

그래도, 말이지.

"좋은 분위기는 드물지 않으니까, 일단은 괜찮아. 어서 와, 아버지."

"오냐, 최근에는 거의 없었을 만큼 노력해서 돌아왔다고~?"

가족과 크리스마스를 보내기 위해 필사적으로 일을 끝마치고 돌아온 거겠지. 그런 아버지에게 어째서 돌아온 거야, 방해된다고, 라는 말을 할 만큼 인간성을 버리지는 않았다.

그렇긴 하지만.

“그래도, 그래도 말이다? 히데키. 크리스마스에 당당히 여자를 데리고 들어오다니, 조금 못 본 사이에 꽤 남자답게 됐잖냐. 역시 내 아들이야!”

“아까까지 친구들도 있었고, 미즈키도 있었다고.”

“괜~찮아 괜~찮아, 그렇게 쑥스러워하지 말라고. 와하핫!”

“짜증나…….”

엄청나게 히죽히죽 웃는 얼굴로 들이대고 있으면, 역시 방해된다고 딱 잘라 말했으면 좋았을 거라는 기분이 든다.

매뉴얼을 엄수하는 초 성실한 엄마에, 남 돌보기 만점의 미즈키, 안전 제일주의인 나로 이루어진 우리 집에서 유일하면서 최고로 느긋하고 천하태평한 사람이 아버지다.

세심하게 신경을 써줄 필요는 전혀 없었다.

방해된다고 말해도, 10초 정도 풀이 죽은 뒤에는 바로 돌아온다.

“뭐, 엄마랑 미즈키한테는 비밀로 해줄 테니까! 앞으로는 조심해서 데려오라고! 알겠냐!”

“아니, 비밀이고 뭐고…….”

“오빠~? 아코 씨가 굉장한 기세로 돌아가던데, 무슨 일

있었어~?"

이야기하는 도중, 뚜벅뚜벅 거실로 들어온 미즈키가 물었다.

그야 그런가. 선생님이 돌아왔으니까 당연히 미즈키도 돌아왔겠지.

"……어라? 아빠? 돌아왔었어?"

"그래, 아빠 왔다~. 크리스마스니까, 케이크 사 왔지."

아버지는 여기여기, 하고 한 손에 든 봉투를 흔들었다.

미즈키는 힐끔 그쪽에 시선을 돌린 뒤.

"에이, 역 앞 케이크 가게 거잖아? 더 맛있는 케이크 먹었는걸. 오늘은 됐어."

"……진짜냐?"

"진짜야~."

그대로 아버지 앞을 지나쳐서 테이블의 루이보스 티를 보더니, 자기 몫을 준비하기 시작했다.

아버지의 대우는 평소에는 대부분 이런 식이다.

"거기 꽤 좋은 케이크 가게잖아? 더 맛있는 거라니 뭐야……?"

"미안. 굉장한 부잣집 선배가 엄청나게 맛있는 케이크를 사다 줬거든."

"……돈 많이 버는 남자가 돼라, 히데키…… 세상은 결국 돈이야……."

사실이긴 하지만 그게 아들에게 말해주는 교훈입니까.

"아, 그리고 엄마도 돌아왔어. 도중에 만났거든."

"뭐라고?"

"다녀왔어~."

오오, 호랑이도 제 말 하면 온다더니.

키가 작은 엄마가 뚜벅뚜벅 방으로 들어왔다. 으으음, 변함없이 사회인 복장이 안 어울린다.

"어서 와. 미즈키보다 늦다니 무슨 일 있었어?"

"손 씻고 있었는데? 히데키도 확실히 해야 한다?"

역시 엄마. 돌아오자마자 손을 씻는 걸 엄수한다.

"그래서, 친구는…… 응, 이제 없나 보네. 좋아!"

좋아가 아니야. 좋아가 아니라고.

사람이 많이 있으면 매뉴얼 찾기 귀찮다는 표정 짓지 마.

그런 엄마가 방 안을 돌아보다가 의아한 듯 물었다.

"……어라? 아코도 돌아갔니? 그 아이는 남을 줄 알았는데……."

엄마는 예상하고 다르다며 중얼거렸다. 딱히 틀리지 않아서 무섭다.

"내가 시야에 안 들어온 것 같은데…… 어서 와, 여보. 자, 크리스마스니까 케이크 사 왔다고?"

아버지가 꺾이지 않고 말했다.

이 꺾이지 않는 모습이 우리 집을 뒷받침해주고 있다고 할 수 있다.

"어머, 여보. 돌아왔었네. 아코가 없고 당신이 있다면…… 곤란하네. 예정이 엉망진창이야……."

엄마가 어떻게 할까, 하고 중얼거리며 자리에 앉자, 미즈키가 준비한 차가 테이블에 올라왔다.

미묘한 표정으로 컵에 손을 뻗은 아버지가 신음했다.

"……내가 사과해야 하는 거냐. 히데키."

"사과할 일은 아니잖아. 응."

엄마는 예상 밖의 일에 약할 뿐, 기뻐하지 않은 건 아니니까.

"그나저나 두 사람이 아까부터 꺼내고 있는『아코』라는 건 설마……."

"오빠 여친!"

"히데키의 상대야."

두 사람이 태연하게 말했다.

그렇게 당연한 듯이 말하면 왠지 부끄러운데.

"뭣? 몰랐던 건 아빠뿐이냐? 거짓말이지~?"

"왠지 미안."

말할 기회가 없어서.

그보다 요즘에 아버지와 얼굴을 마주한 적이 없었다.

아버지, 집에 전혀 없단 말이지. 화이트보드의 오늘 예정 칸이 매일『아빠는 이제 죽는다』가 되어있을 만큼 일이 꽉꽉 들어차 있었으니까.

"나도 히데키의 여친 보고 싶은데~? 응~?"

"아까 봤잖아."

"그렇게 잠깐 본 걸로는 머리가 길다는 것밖에 모른다고. 적어도 얼굴하고 스타일 정도는 봐두고 싶었어……."

"여보?"

"아빠 최악."

"으깨버린다, 망할 아버지."

"미안. 정말 미안."

우리 집의 전권을 쥔 엄마와, 사랑받는 막내인 미즈키 앞에서 태연하게 이런 말을 늘어놓는다니까. 가정 안에서 어떤 대우를 받는지 짐작이 가겠지?

그러나 내가 아코에 대해 이야기하지 않았던 건 딱히 이게 원인인 건 아니다.

"참고로 망할 아버님, 제가 여자애랑 사귀는 것에 반대한다거나 그런 건……."

"고등학생 아들의 연애에 부모가 참견할 이유가 있나?"

"하긴 그렇겠죠."

이런 말을 하기는 좀 그렇지만, 우리 집에서 가장 평범한 아버지가 내 교우 관계에 이러쿵저러쿵 따진다는 생각이 전혀 들지 않았다.

"단, 반드시 피임은 해라. 실패했을 때는 바로 말하고. 반드시."

"여보?"

"기, 기다려. 여보! 이건 틀리지 않았어! 부모가 말해줘야 할 중요한 사항이잖아?!"

"나중에 단둘이 있을 때 말하는 배려심을 보여줘야지."

"으음, 평소의 맛~."

미즈키는 케이크를 입에 쏙 넣고는, 이건 이것대로 괜찮다며 웃었다. 아버지의 이야기에는 전혀 귀를 기울이지 않는 것 같다.

뭐, 우리 집은 대충 이런 느낌이다.

그나저나 이렇게 가족 네 명이 모인 건 정말 오랜만이다.

아직 크리스마스의 밤은 조금 남았다. 오랜만에 가족끼리 크리스마스를 보낼 수 있겠네.

—그렇게 생각한 나의 뇌리에, 『저도 가족이라고요오오오』라고 외치는 아코의 모습이 떠오른 것 같았다.

And you thought there is Never a girl online?

## 2장

# “레전더리 에이지의 스토리, 마지막 이야기잖아요!”

◆아코 : 아, 아버님이었던 건가요?!

◆루시안 : 님을 붙일 필요는 전혀 없는데 말이지!

그게 우리 아버지입니다.

지금은 가족끼리의 크리스마스를 맛본 뒤, 게임 안에서 아까의 일을 설명하는 중이다.

◆루시안 : 오히려 누구라고 생각한 거야?

◆아코 : 평범한 지인, 이라던가!

◆루시안 : 크리스마스 날 밤에 들이닥친 평범한 지인이라니 그냥 무서운데.

다행히 그런 무서운 존재는 아니었으니까 안심해줬으면 좋겠다.

◆아코 : ……솔직히 말해서, 아마 아버님이 아닐까 하는 생각은 들었지만…… 놀라서 저도 모르게 도망쳐버렸어요…….

◆루시안 : 그럴 것 같더라.

마음은 무척 잘 이해한다.

아코의 부모님과 처음 만났을 때는 나도 반사적으로 도망칠 뻔했다.

가뜩이나 아코는 모르는 사람하고 친근하게 이야기하는

타입이 아니니까.

◆아코 : 그래도, 제대로 인사를 했으면 좋았을 텐데요…… 오래 알고 지내게 될 텐데, 이런 무례한 초대면이라니…… 어떻게 해야…….

아코는 그렇게 말하며 나에게 힐을 날렸다.

녹색의 빛이 몸을 감싸며 체력이 회복됐다. 회복량을 보니 반짝반짝 지팡이는 아니네. 안심안심.

◆루시안 : 괜찮다니까. 우리 아버지는 세세한 걸 신경 쓰는 타입이 아니니까.

◆아코 : 그래도 신경 쓰여요! 게다가, 게다가!

동료의 영창 완료에 맞춰서 엑스트라 대미지를 걸어준 아코가 힘차게 말했다.

◆아코 : 아버님에게도 인사를 드린다면, 저의 인생 메인 퀘스트가 단숨에 진행되잖아요! 이후에는 해피 엔딩을 기다릴 뿐이에요!

◆루시안 : 아코의 메인 퀘스트는 그런 내용이었던가?!

우리 아버지는 보스 몬스터야?!

◆아코 : 어찌 됐든, 언젠가 제대로 인사는 할 테니까요!

◆루시안 : 예, 예에.

루시안의 옆을 화살이 휘잉 지나갔다.

눈앞에 우뚝 솟은 검은 어둠을 두른 그림자가 히트 스톱으로 움직임을 멈췄다.

다음 공격이 잠깐 늦어진다고 판단. 디펜스 타이밍을 아주 조금 늦췄다.

◆아코 : 이건 다른 이야기인데요, 루시안.

아코가 회피 불능의 전체 공격을 맞은 멤버에게 힐링 서클을 걸어주면서 말했다.

◆아코 : 역시 메인 퀘스트는 즐겁네요!

◆루시안 : 이야기, 달라진 거 맞나……?

아코는 적에게 지팡이를 겨누고, 어울리지 않는 의욕 충만한 포즈를 취했다.

그렇다. 지금은 전투에 한창이다.

◆마왕 고아보로스 : 이 인간 놈들! 이 고아보로스 님에게 무슨 짓을 한 거냐!

◆세테 : 모두의 마음이, 당신을 쓰러뜨린다!

◆슈바인 : 여기가 너의 끝이다! 목마름 없이 굶주림 없이, 무(無)로 돌아가라!

◆미캉 : 죽어~.

◆마왕 고아보로스 : 끄오오오오오오오.

◆애플리코트 : NPC의 대사에 대답해주면 이상하게 분위기가 달아오르는 현상이 발생하는군…….

그것도 뜨거운 보스 배틀.

레전더리 에이지의 메인 퀘스트 중에서도 클라이맥스에 해당하는 전투, 마왕 고아보로스와의 결전이다.

긴장감도 없이 떠들어댈 국면이 아닌데도 아코와 둘이서 몰래 대화를 나누고 말았다.

클라이맥스라고 해도 이벤트 배틀이고, 꽤 옛날에 나온 퀘스트다. 지금의 우리라면 잡담을 나누면서도 탱킹을 할 정도로 여유가 있다.

◆미캉 : 앞으로 조금.

◆세테 : 몰아넣었어! 이걸로 엔딩이다~!

미캉의 화살과 무땅의 이빨이 고아보로스에게 박혔다.

적의 HP 표시는 앞으로 1%. 이제 곧 마왕은 쓰러진다.

거기서, 채팅이 나왔다.

◆마왕 고아보로스 : 종언에서 되돌아온 모험가여. 네놈은 진실을 모른다.

마왕은 악마와 같은 날개를 활짝 펼치며 날아올랐다.

◆마왕 고아보로스 : 진실을 쫓아라. 그 끝에 네놈의 선택이 있을 거다.

자기 할 말만 하고는 날아가고 말았다.

캐릭터가 자동으로 무기를 넣고, 전투가 끝났다.

전원의 화면에 퀘스트 종료 글자가 나왔다.

◆세테 : ……어? 끝? 도망치고 끝?

◆미캉 : 지금까지 노력했는데…….

그렇다. 종료다. 오랫동안 열심히 메인 퀘스트를 진행했는데, 마지막의 마지막에서 대보스를 쓰러뜨리지 못하고 끝난

것이다.

뭐, 솔직히 메인 퀘스트에서는 자주 있는 일이긴 하지!

◆애플리코트 : 유감이지만 여기까지다.

◆아코 : 다음 화를 기대해주세요! 네요! 좋은 시나리오였어요!

◆세테 : 에에에에엑! 불완전 연소~!

현재 메인 퀘스트는 여기서 끝이다.

그렇다. 현재는, 말이지.

인간과 마물, 신과 악마, 검과 마법, 일상과 모험.
모든 꿈으로 넘쳐나는 세계였던『요루츠가란』은 종말을 맞이하려 하고 있었다.
세계 그 자체의 수명이 다해서, 서서히 세계가 종언으로 향하고 있었던 것이다.
그곳에서 마지막으로 태어난 소년(소녀)은 살아남은 인간들의 마지막 희망—.
혹은 마지막 꿈—으로서, 전성기의『요루츠가란』으로 보내진다.
세계를 종말의 운명에서 구해도 좋다. 잃어버린 인간의 일상을 구가해도 좋다.
일찍이 세상을 화려하게 채색했던 모험에 도전해도 좋다. 뭘 해도 좋다.
그저 사람이 사람다웠던 시대에서, 가장 빛나던 시대에서, 세계 최후의 아이가 살아주기를 바란다.
그런 소망만이 소년(소녀)에게 맡겨졌다.
그것은 전설의 시대.
레전더리 에이지.

전설의 시대로 보내진 소년(소녀)은 모험가로서 수많은 위험을 넘어서고, 인간 세계를 위기에 빠뜨린 마왕 고아보로스를 쓰러뜨리기 위해 일어섰다.
현재의 기술과는 동떨어진 초마과학을 사용하는 제국 궁정 마술사 마기스토크.
교회에 배척받으면서도 누구보다 강한 신앙심을 가진 신관 카프라이.
두 사람의 협력을 받아, 마침내 마왕 고아보로스와 싸움에 임하게 된 모험가.
개념형 시공 왜곡 무기 크로노 기어와 제2급 신성 결계의 중첩으로 인해
마왕의 봉인에 성공하는 것처럼 보이던 바로 그때.
◆**마기스토크** : **크로노 기어에 부하 증가?! 뭐 하는 거냐 카프라이!**
**신성 결계의 출력이 내려가고 있다!**
◆**카프라이** : **내가 아니야! 이건— 신의 가호가 사라지고 있는 건가?!**
하얀 결계가 흐릿하게 사라지고, 크로노 기어가 연기를 내뿜으며 침묵했다.
마왕의 봉인은 실패로 끝났다.
◆**마왕 고아보로스** : **종언에서 돌아온 모험가여. 네놈은 진실을 모른다.**
◆**마왕 고아보로스** : **진실을 쫓아라. 그 끝에 네놈의 선택이 있다.**
자유의 몸이 된 마왕은 더는 싸우지 않고 그 자리를 떠났다.
모험가의 가슴에 하나의 수수께끼를 남긴 채.
세계 종언의 진실이란. 소년(소녀)가 이뤄내야 하는 사명이란.
싸움은 수수께끼를 남긴 채 끝을 고했다.
소년(소녀)의 진정한 모험은 아직 시작되지 않았다.

12월 중순의 업데이트.

크리스마스, 정월 등등 이벤트가 쇄도하는 연말에, 이벤트를 가벼운 걸로 끝내면서까지 추가한 올해의 마지막 중요 업뎃.

레전더리 에이지의 메인 퀘스트가 갱신되었다.

◆슈바인 : 오랜만에 메인퀘 갱신이잖아. 역시 이 몸도 가슴이 들뜬다고.

◆루시안 : 그것도 그랜드 퀘스트라는 이름이 붙은, 레전더리 에이지 메인 스토리의 마지막을 장식하는 퀘스트야. 두근두근이 멈추지 않네!

◆애플리코트 : 게다가 이번에는 지금까지와는 완전히 다르다! 과거 최대의 규모로 치러지는 퀘스트는 난이도부터 길드 단위의 진행을 추천하고 있다. 그리고 도중 선택지에 따라 엔딩이 바뀌는 멀티 엔딩! 그야말로 그랜드 퀘스트라 부르기에 어울리는군!

◆세테 : 정말로~? 그 정도로 힘을 준 거야~?

◆애플리코트 : ……운영진을 믿는다면, 그럴 거다.

마스터는 아주 약간 자신감이 없어 보였다.

운영진의 말이니까, 어쩔 수 없지.

뭐, 어디까지 진짜인지는 별도로 치더라도.

기왕 이렇게 됐으니 모두 함께 공략하기 위해 아직 메인이 끝나지 않은 두 사람을 도와주고 있었던 거다. 그게 크리스마스 이후까지 질질 끌리고 말았다.

◆아코 : 두근두근하네요! 복습할 겸 이전 시나리오를 다시 하게 되었으니까, 두 사람이 퀘스트를 끝내지 않아서 다행이었어요!

즐겁게 한다는 의미에서는 빡겜러인 아코가 스토리를 기대하며 가슴을 콩닥거리고 있다.

◆루시안 : 그것의 후속이니까. 어떤 전개가 되려나.

◆세테 : RPG를 제대로 하는 건 처음이야! 마지막 기대되네!

◆슈바인 : 2년 가까이 MMO를 했으면서 제대로 된 RPG 경험이 없다는 게 참 대단하구만.

◆미캉 : 세계의 위기, 결판을 내야, 겠네요.

이런 즐거운 이벤트는 여럿이서 하는 게 최고다.

조금 기다리게 됐지만, 모두 함께 시작할 수 있어서 다행이다.

—고양이공주 씨? 그 사람은 첫날에 혼자 시작한 바람에, 우리의 권유를 듣고 울부짖었었다. 잊어주세요.

◆애플리코트 : 자, 그럼 퀘스트 말인데.

◆루시안 : 받는 것 자체는 언제라도 가능하지.

◆애플리코트 : 음, 파티를 맺고, 받는 곳으로 가자.

퀘스트는 파티 단위로 받을 수 있다. 누군가가 받으면 전원에게 공유된다.

토벌 몬스터 숫자를 공유해서 곧바로 끝내버리는 때 말고는 쓰지 않는 기능이지만, 이번처럼 복수 인원 추천 메인 퀘스트라면 반드시 파티로 받아야겠지.

◆세테 : 받는 곳은 어디야?

◆애플리코트 : 끝의 시작은, 시작의 장소에서. 누구나 아는 장소다.

누구나 본 적이 있는 그 장소.

게임 스타트 지점이, 퀘스트 개시 지점이다.

낯익은 맵에 찾아오자, 딩동 하고 퀘스트 수주음이 들렸다.

◆아코 : 이걸로 퀘스트는 받을 수 있겠네요.

표시된 퀘스트는, 라스트 에피소드 : 운명의 선택.

◆루시안 : 라스트, 라.

◆아코 : 글자로 보니까 긴장되네요.

이걸로 LA의 메인 스토리가 끝난다.

2부로 계속! 같은 말이 나올지도 모르지만, 일단은 끝난다.

끝이 없어야 하는 온라인 게임의, 어느 의미에서는 하나의 종착점. 메인 스토리의 엔딩. 그게 지금부터 시작되는 거다.

◆슈바인 : 근데, 다음은 어디로 가? 당장 진행하자고.

◆루시안 : ……어디로 갈까?

◆슈바인 : 앙?

평범한 퀘스트라면 세부 사항을 보면 어디로 가면 되는지 알 수 있다.

목적지나 해야 할 일, 그런 게 제대로 적혀있다.

그러나 이번 퀘스트, 라스트 에피소드는 적혀있는 게 다르다.

◆애플리코트 : 과연, 이건 선택해야겠군.

◆세테 : 어떻게 된 거야~?!

퀘스트 목표는, 세계 붕괴의 진실을 찾는 것.

가야 하는 곳도 확실히 적혀있다. 저기로 가라고.

그러나, 적혀있는 방식이 문제였다.

◆슈바인 : 목적지는 세 곳인가. 하지만…….

◆애플리코트 : 한 곳에서 퀘스트를 진행한 경우, 남은 선택지는 소멸한다.

그렇다. 퀘스트 설명에는 그렇게 적혀있었다.

과연, 멀티 엔딩. 어느 루트를 갈지 자기가 생각해야 하는 거다.

◆미캉 : 어느 게 정답?

◆애플리코트 : 공개된 지 시간이 조금 지났다. 초반 공략은 되어있겠지.

◆루시안 : 그러게. 조사해볼까.

재시도할 수 없는 퀘스트라도, 우리에게는 인터넷의 힘이 있다.

여기는 위대한 선구자님의 지혜를 빌리자.

◆슈바인 : 어느 엔딩으로 갈지도 정해야 하고, 정보는 많은 게 좋아.

◆세테 : 혹시, 벌써 트루 엔딩으로 가는 법도 전부 나온 거 아닐까?

마지막으로 믿어야 할 건 공략 위키. 갱신 잘 부탁드립니다.

우리는 그렇게 움직이려 했다.

◆아코 : 저기.

그때, 아코가 우리 앞을 가로막듯이 섰다.

◆루시안 : 왜 그래? 아코. 퀘스트 받지 못했어?

◆아코 : 그게 아니고요. 저기…… 이렇게 해도 되는 걸까요?

납득이 가지 않는다는 말투였다.

아코가 불만스러워하는 건 딱히 드문 일은 아니다.

하지만 이렇게 움직임 하나하나에서 안타깝기도 하고 슬퍼 보이는, 그런 마음이 전해진다. 이런 그녀는 처음 보는 걸지도 모른다.

◆아코 : 공략이라든가, 엔딩 정보를 본다든가, 정말 그래도 되나요? 이게 레전더리 에이지의 스토리, 마지막 이야기잖아요!

어울리지 않게 전원의 앞에 서서 붕붕 고개를 내저었다.

◆아코 : 지금까지 몇 년이나 살아온 세계의 운명을 정할 때라고요. 그런데 멍하니 시작하고, 공략을 보고 대충 클리어만 한다니…… 그래도 되는 건가요?!

그렇게 말한 아코는 팔을 내리고 고개를 수그리며 중얼거렸다.

◆아코 : 모두가 그래도 된다면, 같이 갈게요. 그래도 전, 조금 쓸쓸한 기분이 들어요.

◆루시안 : …….

◆애플리코트 : ………….

◆슈바인 : …….

◆아코 : 아, 딱히 나쁘다고 하고 싶은 건 아니고요. 그게, 저기…….

무언(無言)을 말하던(철학적) 우리를 본 아코가 당황했다.

아니야, 그게 아니라고. 아코.

◆루시안 : 아코에게 올바른 설교를 들었어…….

◆애플리코트 : 설마 아코 군에게 도리를 배우게 될 줄이야…… 나도 아직 멀었군…….

◆슈바인 : 아코, 좋은 말 하네…….

◆아코 : 에에엑?!

아코의 머리 위에 !와 ?의 감정표현이 떠올랐다.

정말로 아코의 말이 옳다.

최종 퀘스트다. 기대된다, 해보자, 그런 말을 해놓고서 자연스럽게 공략을 보려고 했단 말이지. 평범한 RPG라면 스포일러를 피하는 법인데, 그걸 스스로 조사하려 했다.

◆세테 : 그러, 게. 왠지 모르게 평소처럼 진행하려고 했는데, 모두가 해본 적이 없는 커다란 퀘스트니까, 처음부터 하고 싶어.

◆미캉 : 공략을 보는 거, 도망치는 행위였네요.

두 사람도 아코의 채팅을 보고는 고개를 풀썩 숙였다.

◆애플리코트 : 사람에 따라서 시기는 각각 다르겠지만, 긴 시간을 바쳐온 게임의 최종 퀘스트이건만, 이렇게 대충 진행하려고 하다니…….

마스터는 분한 듯 지팡이를 지면에 내리쳤다.

◆애플리코트 : 미안하다. 길드 마스터답지 않게 해이해져 있었다.

◆루시안 : 아냐, 제일 오래 했던 내가 깨달았어야 했어. 아코의 말이 맞아. 역시 다른 의미에서는 빡겜러네.

◆아코 : 칭찬한다는 기분이 들지 않는데요!

◆슈바인 : 그렇지 않아. 굉장히 칭찬하는 거야.

그래. 그렇다니까.

여느 때의 퀘스트처럼 대충대충 진행하는 건 아깝다.

아니, 원래는 어떤 퀘스트든 공략 같은 건 보지 않고 진지하게 해야 했다.

물론 말이야 이래도 매번 그러기는 좀 힘들지만— 이번처럼, 스토리 최종 퀘스트 정도는 정면에서 도전해야겠지.

◆애플리코트 : 길을 어긋나기 전에 아코가 바로잡아줬다. 이번 메인 퀘스트, 진지하게 공략하도록 하자!

◆루시안 : 오오~!

◆슈바인 : 오~!

◆아코 : 오, 오~?

여느 때의 가게로 귀환해서 열띤 회의를 이어간 결과.

◆애플리코트 : 그럼 이번 룰을 정리하자.

마스터의 위쪽에서 커다란 채팅창이 쑤욱 나타났다.

저것도 과금 아이템이었던 것 같은데. 아니, 지금은 지적하지 말자.

◆애플리코트 : 먼저 첫 번째! 공략 사이트를 보는 걸 금지한다!

공략 사이트 금지, 라는 커다란 글자가 채팅창에 떠올랐다.

◆루시안 : 이거, 게시판이나 짹짹이 같은 SNS는…….

◆애플리코트 : 물론 금지다.

그렇겠지~.

스포일러니까 보면 재미가 없어진다. 무엇보다 우선 이게 금지다.

◆애플리코트 : 다음으로, 전원이 진행할 것.

이번 퀘스트는 파티, 또는 길드 단위로 진행하는 걸 추천한다.

그만큼 난이도가 높다는 뜻이겠지만…… 이번에는 전원이 항상 파티를 맺어서 똑같은 루트를 진행하기로 했다.

멀티 엔딩이니까 어떤 루트로 나아가야 할지는 모르지만, 그것도 포함해서 전원이 선택하는 거다.

◆애플리코트 : 마지막으로, 전력으로 즐길 것!

즐긴다, 라는 글자가 표시되었다.

◆루시안 : 오랫동안 해온 LA의 메인퀘, 그 마지막이니까.

◆슈바인 : 재미있을지도 모르고, 반대로 쓰레기일지도 모르지만.

◆아코 : 마지막까지 확실하게 하자고요!

스토리 퀘스트의 마지막을, 우리의 선택으로 정하자.

그렇게 되었다.

◆애플리코트 : 1년을 마무리하기에 어울리는 도전이구나!

◆슈바인 : 그러게. 일단 방침은 괜찮은 것 같아.

하지만~, 하고 갑옷을 울리며 어깨를 으쓱했다.

◆슈바인 : 지금부터 어떻게 퀘스트를 정할지, 실제로는 잘 모르겠는데.

◆미캉 : 정보가 없으면 불합리하다고, 생각해요.

목적지만 주어지고, 이후에는 골라라! 이렇게만 말하면 곤란하다.

어느 걸 진행해야 좋을까.

◆애플리코트 : 과금 숍을 확인해봤는데, 선택지를 되돌리는 아이템은 아직 팔지 않는 모양이더군…… 운영진 녀석, 장사가 허접해.

◆루시안 : 있어도 사지 말라고?

진지하게 한다는 방침하고 정반대잖아?

◆슈바인 : 무난하게 생각하면, 모든 곳을 보러 가서 대화해보고 괜찮아 보이는 걸 진행할까?

◆루시안 : 그래도 상관은 없지만, 진지하게 공략하기로 했으니까 확실하게 정하고 나서 보러 가고 싶은데~.

◆애플리코트 : 음.

진지하게 생각해서 예상하고, 그 루트를 진행하는 게 베스트다.

닥치는 대로 시험해보는 건 진지한 공략하고는 좀 다른 것 같다.

◆세테 : 그럼 나부터 제안입니다!

세테 씨가 저요저요, 하고 손을 들었다.

◆세테 : 눈앞의 퀘스트 진행 방향을 생각하는 것보다는, 좀 더 커다란 틀에서 생각해보는 게 어떨까요!

◆루시안 : 그 말은?

◆세테 : 애초에 세계 붕괴의 진실은 뭘까? 라는 거!

◆루시안 : ……과연.

확실히 그게 제일 큰 의문이다.

물론 퀘스트를 진행하면서 수수께끼가 밝혀지게 되어있겠지만—.

◆슈바인 : 진행하면 알 수 있겠지…… 그렇게 사고를 포기하지 말고 고민해보자는 거?

◆세테 : 응. 언제나 퀘스트는 대충 해왔지만, 이번에는 제

대로 하는 거니까.

◆애플리코트 : 진실……이라.

세계가 붕괴한다는 것, 그 진실이라.

픽션에서는 여러 원인으로 세계가 멸망한다. 운석 충돌이거나, 환경 파괴거나, 외계인이 오거나, 신의 사도가 강림하는 등등.

◆루시안 : 줄거리나 무비에서는 세계의 수명이 다해간다고 했던 것 같은데.

◆세테 : 수명이라는 건 어쩔 수 없는 이유잖아? 근데 그게 아니니까 그 마왕 씨도 진실이 있다고 말한 게 아닐까?

◆애플리코트 : 흐으음.

각자 고민에 잠겼는지, 잠시 침묵이 흘렀다.

나도 고민해볼까. 이 게임에서는 무슨 원인으로 멸망하는 걸까.

온라인 게임에서도 세계가 멸망하는 일은 있는데, 그 이유를 따져보면 마왕이 부활하고 말았다, 인간의 일그러진 소원으로 태어난 신이 멸망시켰다, 전쟁의 시대로부터 수천 년이 지났더니 왠지 멸망하고 말았다 등등이 있다.

그 공통점은—.

◆슈바인 : 나, 원인이 뭔지 예상이 가.

그때, 슈바인이 처음으로 입을 열었다.

멋있는 포즈로 검을 들고, 그야말로 RPG의 용사처럼 말했다.

◆슈바인 : 세계에 위기가 찾아오는 원인은 말이지. 대부분은 마야.

◆아코 : 마?

◆루시안 : 먹으려고?

◆슈바인 : 먹는 마가 아니고 마(魔). 마왕 말이야 마왕.

흠흠. 마왕 패턴인가.

◆애플리코트 : 역시 돌직구 발상이구나, 슈바인이여.

◆슈바인 : 그야 RPG는 결국 최종보스를 쓰러뜨리지 않으면 끝나지 않잖아? 이러니저러니 해도 마왕이 나쁘고, 최종보스라는 게 정해져 있는 거야.

슈바인은 그게 틀림없다며 단언했다.

◆미캉 : 이해해요.

미캉은 그 채팅과 함께 고개를 크게 끄덕이며 동의했다.

◆미캉 : 역시 마왕을 쓰러뜨리고 해결. 권선징악.

◆슈바인 : 알기 쉽네.

근육뇌 두 사람이 서로 동의하긴 했지만, 다른 멤버는 이견이 있는 모양이었다.

◆세테 : 그래도 마왕 씨가 진실이 있다고 말했잖아.

◆슈바인 : 마왕에게도 마왕의 정의가 있다거나, 그런 이야기겠지. 악은 악이야.

◆미캉 : 마왕이 정의고, 인간은 멸망해야 한다, 일지도?

◆슈바인 : 있을 법하네. 아무튼 마왕에게 가보는 게 최고야.

이 두 사람은 마왕에게 너무 기대하는 게 아닐까?

그래도 유명 RPG에서도 마왕을 쓰러뜨리면 클리어인 게 잔뜩 있으니까, 이해하기는 쉽다.

◆세테 : 알기 쉽고, 왕도이기는 하지만…… 나는 별로 내키지는 않네~.

◆슈바인 : 뭐야, 다른 루트가 좋아?

◆아코 : 세테 씨는 뭐가 원인이라 생각하시나요?

세테 씨는 악마술사처럼 채찍을 휘두르더니 하늘을 노려보며 말했다.

◆세테 : 오히려, 신이 원인 아닐까?

◆아코 : 아, 그쪽인가요.

◆슈바인 : 그것도 그것대로 자주 있는 패턴이기는 하지.

슈는 이해는 가네, 하고 일단 동의했다.

확실히 있기는 하다. 실은 신이 원흉이었다. 쓰러뜨려야 한다. 그런 거.

◆아코 : 그래도 저희를 이 시대에 보내준 건 신이잖아요? 좋은 사람 아닌가요.

◆애플리코트 : 아니, 그게 책략이었을지도 모른다. 최후의 인간을 없애고, 그 이후의 세계를 신의 마음대로 조종하는 거지…….

마스터의 머리 위에 분노 마크가 떠올랐다.

◆애플리코트 : 흠. 이해할 수는 있다. 나는 신살(神殺)파로 붙기로 할까. 역시 인간은 언젠가 신에게서 졸업해야만 한다. 유년기는 끝을 맞이하는 거다.

◆세테 : 그렇지! 이예~이!

◆슈바인 : 유년기의 끝은 딱히 신살 이야기가 아니잖아.

아무튼 모두의 의견이 갈라졌다.

◆슈바인 : 그렇다면 마왕파가 나랑 미캉이고.

◆애플리코트 : 신살파가 나와 세테다.

◆루시안 : 지금으로서는 두 가지 의견에 두 명씩, 인가.

◆아코 : 열띤 싸움이네요!

나와 아코가 남 일처럼 말했다. 그러자 슈가 아니아니, 하고 고개를 내저었다.

◆슈바인 : 지금부터 너희의 의견을 정해야 하는데? 어느 쪽으로 할 거야?

◆세테 : 어차피 신이 나쁜 거지~?

◆미캉 : 최종보스는 마왕, 아닌가요?

그렇게 캐물어도 말이지.

여러모로 고민해봤지만, 왠지 어느 쪽도 확 와닿지는 않는다.

◆루시안 : 그게…….

◆아코 : 어느 쪽도 미묘하네요~.

◆세테 : 어? 다른 원인을 생각할 수 있어?

◆루시안 : 응. 나로서는 다른 원인을 밀고 싶어.

◆아코 : 아마 루시안과 생각한 게 똑같을 것 같은데요.

내 옆에 앉은 아코는 어딘가 자조하듯이 전원을 돌아보고는, 이렇게 말했다.

◆아코 : 마왕이나 신이 아니라, 결국 인간이 나쁜 게 아닐까~ 해서…….

◆루시안 : 그거야. 전부 인간 때문인 거야.

그렇다니까. 아까도 다른 게임에서 세계가 멸망한 이유를 생각해봤는데, 결국 인간이 얽히게 된단 말이지.

역시 인간이 나쁜 짓을 해서 멸망한다니까.

◆아코 : 대부분의 민폐는, 누군가 나쁜 사람이 있는 거예요. 그 사람이 있어서 모두 괴로움을 겪는 거라고요.

◆루시안 : 그럼그럼. 전체의 악의와 나쁜 개인의 상승효과로 인해 나의 세계는 사악한 어둠에 휩싸이는 거야.

◆세테 : 인간관계의 문제하고는 다르지 않을까아…….

세테 씨는 곤란해 보였다.

그렇지 않거든. 괴로워하는 사람이 늘어난 결과, 뭔가 악의 의지 같은 식으로 세계가 멸망하거든.

◆슈바인 : 어~차피 인간 때문이라는 건 RPG의 정석이긴 하지만, 최종보스는 뭐로 할 건데.

◆루시안 : 그건 뭐, 어둠이나 무라든가 그럴싸한 게 갑자기 튀어나와서 최종보스전을 하면 되잖아. 신경 쓰지 마, 신경 쓰지 마.

◆슈바인 : 무란 대체…… 으고고곡!

◆애플리코트 : 온라인 게임에서 그건 좀 어떤가 싶은데.

세세한 건 신경 쓸 필요 없이 인간의 악의가 문제라고 밀어붙일 수 있는 게 인간 루트의 좋은 점이다. 그건 대충 흘려버렸으면 좋겠다.

◆슈바인 : 에이~, 역시 왕도를 걷는 마왕이지. 마왕을 쓰러뜨리고 세계를 구하자고.

◆미캉 : 마왕 탓 마왕 탓.

◆세테 : 신이 문제야! 분명 뭔가 꾸미고 있을 테니까! 신을 쓰러뜨리면 세계를 지킬 수 있어!

◆애플리코트 : 애초에 존재하고 직접 개입하는 신 같은 건 있을 수 없다. 신은 신앙 속에만 있으면 되는 거다.

◆아코 : 사람을 해치는 건 언제나 반드시 사람이라고요!

◆루시안 : 분명 인간의 어둠이 문제인 거야.

전원의 의견이 갈리고 말았다.

마왕파는 슈바인, 미캉. 신살파는 마스터, 세테 씨. 인간파는 나와 아코.

어느 것도 본 적 있는 시나리오고, 뭐가 정답이더라도 이상하지는 않다.

그보다, 상의해봤자 정답 같은 건 모른다.

◆아코 : ……어라? 이번 퀘스트는 멀티 엔딩이잖아요? 그렇다면, 퀘스트를 고르면 루트가 정해지는 건가요?

그때, 아코가 머리 위에 전구를 꺼내며 물었다.

◆슈바인 : 그렇겠지. 그렇다면 혹시, 선택한 퀘스트에 따라 마왕 루트도 신살 루트도 가능성이 있을지도.

◆세테 : 마왕 루트도 신 루트도 인간 루트도 우리의 선택 나름?!

그렇게나 자유도가 있을지는 크게 의문이지만, 진심으로 하겠다고 정한 이상 있다고 가정해보자.

사실 그게 더 즐거우니까.

◆애플리코트 : 어느 팀이 상상한 엔딩이 되는가. 그건 선택지 나름, 인가.

◆슈바인 : 이건 팀 대 팀, 자존심을 건 싸움이네!

◆루시안 : 점점 이야기가 커지는데~.

레전더리 에이지의 스토리가 누가 상상한 결말을 맞이하는가, 이런 걸로 다투게 되는 날이 올 줄이야.

보람 있는 주제가 되었다고 생각하긴 하지만.

◆애플리코트 : 그럼 알기 쉽게, 선택지를 순서대로 고르는 형태로 할까. 한 팀에 하나씩이다. 그래도 3회의 선택은 되겠지.

◆슈바인 : 3회 이상 있을 때는 어쩌려고.

◆슈바인 : 거기까지 가면 이야기의 흐름은 보일 거다. 그 자리에서 생각하기로 하자.

그러면 어느 타이밍에 자신들이 원하는 선택지를 고르느냐가 중요해지는 건가.

RPG인데 고르고 싶은 선택지를 고를 수 없다니, 무서운 게임이다.

◆세테 : 그럼 팀별로 상담 타임!

레전더리 에이지의 이야기는 과연 누가 상상한 결말을 맞이할까.

그걸 다투는, 올해 마지막 싸움이 시작되었다.

◆루시안 : 자, 우리의 메인 퀘스트가 시작되겠네. 어디서 선택지를 고를까.

두근두근하면서 말한 나에게 아코가 조금 쓴웃음을 지었다.

◆아코 : 다, 다들 굉장히 흥겨워하고 있네요.

◆루시안 : 예전부터 모두와 함께 스토리 퀘스트를 하고 싶다고 생각했거든.

그래도 스토리가 있는 퀘스트는 시간이 오래 걸리는 것치고 보수가 적으니까, 각자 시간이 남을 때 끝내버려서 지금까지는 기회가 없었다.

그러나 아코가 말해준 덕분에 그래! 바로 지금이다! 그래서 흥겨워하게 된 거다.

◆루시안 : 그런고로 선택지 말인데. 게임에서 첫 선택지는 나름대로 중요하지.

◆아코 : 그래도 이거다 싶은 선택지는 좀 더 뭐랄까, 지금이에요! 같은 분위기가 있지 않나요?

◆루시안 : 확실히, 노골적으로 중요한 느낌으로 고르게 해주지.

이 퀘스트는 아직 멀티 시나리오의 튜토리얼이라는 느낌이다.

그러니 첫 번째인 이번에는 별로 중요하지 않을지도 모른다.

◆아코 : 가능하면 마지막의 마지막, 이걸로 끝낸다! 같을 때 고르고 싶은데요.

◆루시안 : 그게 어떻게 될지 모르니까 말이지.

그러니까 어려운 거다.

◆아코 : 그래서 말이죠. 일부러 처음을 고르는 걸 제안하고 싶어요!

◆루시안 : 흐음. 그 의도는?

◆아코 : 분명 마스터와 슈의 팀이 대립할 것 같아서요.

◆아코 : 그러니까, 인간팀인 우리가 먼저 골라서, 이후에는 다투게 하면…….

아~, 과연. 그런 건가.

가정이지만, 마왕 루트, 신살 루트, 인간 루트의 세 선택지가 있다고 치면, 인간 루트는 그 중간 선택이 된다.

◆루시안 : 두 팀이 다투면 자연스레 중립이 되겠지. 그러면 인간 루트처럼 되는 건가. 있을 법하네!

◆아코 : 이해해주셔서 다행이에요!

아코라고 생각하지 못할 만큼 알기 쉬운 의견이었다.

그러나 아코는 게다가, 하고 말을 덧붙였다.

◆아코 : 처음에 권리를 사용하고, 이후에는 다투지 않고 지켜보고 싶다는 기분이…….

◆루시안 : 이해해.

섣불리 싸우지 않고, 신팀 대 마왕팀의 싸움을 지켜보고 싶다. 그런 마음도 괜찮다고 생각합니다.

그런 것도 인간에게는 흔한 거니까요.

◆아코 : 그럼 처음에 골라봐요!

◆루시안 : 오케이.

방침 결정.

다른 팀의 상담 상황은 모르겠지만, 일단 주장해보자.

◆루시안 : 상담 결과, 인간 팀으로서 여기의 선택지는 양보할 수 없다고 생각한다!

◆애플리코트 : 흐음? 처음을 고르는 건가.

◆슈바인 : 어라? 뜻밖의 선택이네.

리액션을 보건대, 저쪽 팀은 처음을 선택할 생각이 없었나 보다.

◆루시안 : 그쪽은 처음에 고를 생각 없었어?

◆슈바인 : 키가 되는 건 마왕이라는 걸 밀고 싶은 마왕팀으로서는, 마왕한테 빨리 가면 반대로 중요하지 않다는 플래그가 설 것 같거든.

◆아코 : 처음에 보스한테 가면 배드 엔딩도 될 것 같네요!

평범하게 도전했다가는, 고아보로스에게 절대 못 이기니까.

◆세테 : 오히려 마왕 씨가 아군인 루트로 가버릴 것 같네.

◆슈바인 : 난 그런 것도 좋아해.

◆미캉 : 동의하는 것도 나쁘지 않아요.

……역시 이 녀석들은 그냥 근육뇌가 아닐까.

◆애플리코트 : 같은 의미에서, 우리 신살파도 처음은 사양하고 싶다.

◆세테 : 더 중요할 때 쓰고 싶으니까!

그렇다면, 첫 선택지를 고르고 싶은 건 우리뿐인가.

◆루시안 : 그럼 첫 번째 퀘스트는 우리 인간팀이 고르도록 하겠어!

◆아코 : 선택권 얻었어요!

◆슈바인 : 그럼, 어디로 갈 생각이야?

그것도 이미 정해놨다.

인간이 원인이 되어 세계가 멸망한다면, 제일 있을 법한 이유. 그건.

◆루시안 : 일단, 제국이 나빠!

# 라스트 에피소드 : 제국의 음모
## (인간 팀 루시안&아코 선택)

세계의 종언.
모험가는 그에 대한 진실을 찾아 세계를 맴돌았다.
다수의 몬스터를 쓰러뜨리고, 수많은 인간을 구하고, 마침내 모험가는 어떤 정보를 얻는다.
로드스톤 제국이 사이레인 신성왕성 침공을 계획하고 있다는 것이다.
마왕, 그리고 몬스터라는 인류 공통의 위기를 안고 있는데도, 굳이 인간끼리의 싸움을 선택한 제국.
그곳에는 누군가의 사악한 음모의 기척이 있었다.

인간끼리의 무익한 싸움을 막기 위해, 모험가는 제국으로 잠입을 꾀한다.
제국 모병 사무소에서 신병으로 응모한 모험가를 기다리던 것은 역전의 부대장, 사르반이었다.

◆**사르반 부대장** : 자네는 모험가인가? 소문으로 들었겠지만,
제국은 현재 우수한 병사를 모집하고 있다.

◆**사르반 부대장** : 어디까지나 우수한 병사를, 말이지!
충분한 실력이 있다면 대우는 보장해주마!

> **■라스트 에피소드 를 제국의 음모 로 진행하시겠습니까?**
> **■진행한 경우, 다른 선택지는 소멸합니다.**
>
> **■라스트 에피소드 : 제국의 음모 로 진행합니다.**

모험가가 제국 병사가 되기를 결정하자, 사르반 부대장은 한 가지 시련을 내렸다.

◆**사르반 부대장** : 오오! 영광스러운 제국군 병사가 되고 싶다는 거냐!

◆**사르반 부대장** : 그렇다면 입대 시험으로 자네의 실력을 보도록 할까!
레드 바론 파운드를 30마리 쓰러뜨려 줘야겠다!

토벌 퀘스트다!

그럴 줄 알았어! 실력을 보여달라는 계열은 자주 있는 퀘스트다!

◆루시안 : 역시 이건가! 메인 퀘스트에서도 심부름 토벌에서는 벗어날 수 없는 건가!

◆아코 : 이제 토벌은 됐어요오.

울어도 한탄해도 퀘스트 내용은 변하지 않는다.

레드 바론 파운드 0/30이라는 표시가 나오고 말았다.

◆루시안 : 포기하고 쓰러뜨릴까…….

◆아코 : 근데 레드 바론은 강하지 않았던가요?

◆루시안 : 추천 레벨로 따지면 100 이상이야. 메인 퀘스트의 마지막답네.

◆슈바인 : 메인퀘에서 시킬 정도의 적인가? 이상하지 않아?

슈바인이 귀찮은 듯이 말했다.

NPC는 마치 그 채팅을 본 것처럼 말했다.

◆사르반 부대장 : 레드 바론 파운드는 연옥의 틈새라는 무시무시한 공간에 서식하는 강적이다. 모험가에게는 버거운 적이겠지. 후후후. 무섭나? 무섭다면 포기해도 된다고?

◆슈바인 : 앙? 지금 뭐라고 했어?

◆사르반 부대장 : 병사가 되겠다는 제 분수를 넘어선 꿈은 잊고, 얌전히 집으로 돌아가시지! 하하하하하!

◆슈바인 : 좋다 이거야! 해주겠어! 이 몸이 전부 쓰러뜨리

고 오겠다고!

슈, 왜 NPC하고 말다툼하고 있는 거냐고!

◆루시안 : NPC에게 폭발하는 건 웃기니까 그만둬ㅋ

◆미캉 : 웃김.

◆애플리코트 : 그렇지만, 난적인 건 확실하다.

곤란한 표정 감정표현을 낸 마스터가 말했다.

실제로 그게 맞다. 틈새 시리즈 맵은 몇 군데 있지만, 그 중에서도 연옥의 틈새는 상당히 난이도가 높다.

대충 맞춘 장비로 갔다간 이쪽이 토벌당할 수도 있다.

◆루시안 : 잠깐 장비 알아보고 올게. 대(對)동물 방패 같은 걸 갖고 갈 수는 없어.

◆아코 : 평상복으로 가는 건 무서우니까 잠깐 갈아입고 올게요.

◆애플리코트 : 레드 바론은 불도 번개도 잘 안 통했을 거다. 나도 장비를 바꿔야겠군.

◆세테 : 그 맵 잘 모르는데, 필요한 장비 가르쳐줘~.

우리가 준비를 시작한 반면.

◆미캉 : 얼음 화살은 있어요.

◆슈바인 : 이 몸하고 미캉은 먼저 간다.

슈와 미캉이 먼저 간다면서 전이 크리스털 쪽으로 걸어갔다.

아니아니, 기다려 기다려.

◆루시안 : 어차피 모두가 끝낼 때까지 퀘스트는 이어지니

까, 같이 가면 되잖아.

◆슈바인 : 조금이라도 경험치를 벌어두고 싶을 뿐이야. 게다가 많이 쓰러뜨려서 저 부대장을 다시 보게 해줘야지.

◆미캉 : 얕보이기만 한 채로, 끝낼 수는 없어요.

이, 이 근육뇌 마왕팀!

◆슈바인 : 야, 미캉. 연옥 가본 적 없지? 편한 루트는 가모프 밀림에서 위쪽 위쪽 왼쪽이야.

◆미캉 : 라저~.

아아, 가버렸다.

뭐, 어지간한 적에게 패할 레벨은 아니지만…… 조심하라고~.

이쪽도 서둘러 장비를 갖출까. 으으음, 종족이 악마와 동물, 속성이 불. 같은 맵에 나오는 다른 몬스터도 확인해서 대책을 세워야겠지.

◆아코 : 몸에는 불꽃의 로브를 입으면 될까요?

◆루시안 : 레드 바론 자체는 광역기가 없을 테니까, 오히려 같이 나오는 다크 론도 게이즈 대책으로 암흑 내성이 좋을지도.

◆애플리코트 : ……음. 방금 떠올랐는데.

이런저런 장비를 고르고 있는데, 문득 마스터가 채팅으로 말했다.

◆애플리코트 : 연옥의 틈새는 구조적으로 입구에 몬스터

가 모이기 쉽다. 들어갈 때는 조심해라.

◆세테 : 흐응~, 그런 맵도 있구나.

◆루시안 : 듣고 보니, 그곳은 입구 부근이 카오스가 되는 패턴이 많았던 느낌이.

대검과 활의 딜러 콤비인데, 슈와 미캉은 괜찮을까.

그렇게 생각했을 때는, 이미 늦었다.

◆슈바인 : 뭐야 이게에에에에에에엑!

◆미캉 : 큰일.

◆슈바인 : 이이이이이이 몸이라면 이 정도의 숫자도 괜찮다고 그래, 드래곤 소울이 있어, 쓸 수 있다고!

◆슈바인 : 상대 화속서어어엉!!

◆슈바인 : 아악~!

굉장한 기세로 채팅이 흘러간 뒤, 그곳에는 침묵만이 남았다.

잘 가라, 슈바인. 미캉. 너희를 잊지 않겠어.

◆루시안 : ……죽었나.

◆아코 : 아까운 두 사람을 잃고 말았네요. 나무아비…….

◆미캉 : 실례. 제대로 살아있어요.

명복을 빌고 있었는데, 미캉의 채팅이 돌아왔다.

뭐야, 안 죽었나. 잽싸게 도망친 건가?

◆루시안 : 어라, 쓰러뜨렸어? 아니면 맵 이동?

◆미캉 : 최근 익힌 스킬, 잠복.

◆루시안 : 숨었을 뿐이냐!

죽지만 않았을 뿐이지, 쓰러뜨리지 못했잖아!

그보다, 미캉이 숨었다면 슈는?

◆슈바인 : 야, 미캉. 사라져서 전부 떠넘기지 말라고!

◆미캉 : 강하고 근접캐인, 돼지 선배가 떠안아야죠.

◆슈바인 : 이런 숫자는 이 몸도 당연히 무리잖아! 적어도 같이 죽어야지!

아아, 심각한 사태가 벌어졌다!

그렇게나 숫자가 많았나…… 얼마나 있는 거지? 내가 버틸 수 있을까아.

◆루시안 : 가고 싶지 않아…….

◆아코 : 히, 힘내요!

가까운 마을까지 크리스털로 이동하고, 뚜벅뚜벅 맵으로.

밀림을 빠져나와 더욱 앞쪽에 있는 산간지대를 뚫고 나오자, 하늘과 어둠이 융합해서 찢어진 듯한 꺼림칙한 하늘이 보였다.

이 너머가 연옥의 틈새다.

◆루시안 : 좋~아, 들어가자~.

◆미캉 : 슬슬 잠복 끊어져요. 빨리.

◆슈바인 : 꽤 많으니까 조심하라고.

내가 선두, 아코와 마스터, 세테 씨를 데리고 맵에 침입.

들어간 그곳은, 불꽃을 두른 커다란 늑대 무리 한가운데였다.

……진짜로 많지 않아? 몇 마리인지 셀 수도 없을 만큼 많은데?

◆루시안 : 우와아아아아아아악!

그 모두가 일제히 내게 몰려왔다!

방어! 방어 버프 써야지!

리프가! 월! 안 돼, 너무 늦어. 센티도 넣자! 방패도 양손으로 드는 라지 카이트로 변경!

◆루시안 : SoS 넣습니다. 남은 시간 15초.

매크로 채팅과 함께 루시안의 방패가 거대화해서 주변에서 날아오는 공격의 대부분을 오토 가드로 경감한다. 임페리얼 가드가 자랑하는 사기 스킬이지만, 이걸 사용하는 동안에도 HP가 쭉쭉 줄어든다.

◆루시안 : 힘들어 힘들어 무리! 풀리기 전에 줄여줘!

◆애플리코트 : 퍼펙트 블리자드! 릴리스, 퍼펙트 블리자드!

◆미캉 : 요즘 애로우 레인뿐.

◆아코 : 힐~, 하이힐~, 힐~, 하이힐!

◆세테 : 남은 걸 쓰러뜨리자, 무땅.

요즘에는 스타 라이트닝을 자주 쓰고 있지만, 원래는 불과 얼음이 마스터의 메인 속성이다. 그 얼음마법은 무지막지한 딜을 뽑아주었다.

은폐를 푼 미캉의 애로우 레인도 상당한 대미지가 나왔

고, 범위 바깥이거나 넉백으로 밀려나서 대미지가 적은 적을 세테 씨가 세심하게 줄여나갔다.

15초 후. 방패의 크기가 원래대로 돌아왔을 때 남은 적은 몇 마리뿐이었다.

위험했네. 살아있어, 난 살아있다고!

목숨의 소중함도 느낄 수 있다. 그래. 온라인 게임이라면!

◆루시안 : 세, 세이프. 살았다.

◆아코 : 그렇게나 힐 날렸는데 타깃이 전혀 안 왔어요.

◆애플리코트 : 오히려 내 쪽에는 다소 오더군. 타깃 끄는 게 좀 어설프지 않았나?

◆루시안 : 도움을 받은 뒤에 말하기는 좀 그렇지만, 부스트 대마법 연타를 도발 한 방에 억누를 수 있을 리가 없잖아.

반사 대미지를 넣어서 어느 정도 고정시킨 것만으로도 칭찬해줬으면 할 정도다.

그래도 남은 적 몇 마리 정도는 간단히 격파할 수 있었다. 일단 입구의 안전 확보는 OK다.

◆슈바인 : 그럼 아코, 소생 부탁한다.

◆아코 : 리바이브~.

슈바인이 후와앙 하고 소생했다.

혼자서 앞서가니까 이렇게 되는 거라는 생각은 들었지만, 바로 탈출하지 않았던 이유는 미캉이 함께 맵에 들어갔기 때문이겠지. 슈는 형님 기질이니까, 미캉이 탈출할 때까지 시간을 벌 생각이었을 거다.

자기만이라면 블링크라도 써서 도망칠 수 있었을 텐데, 후배를 위해 억지로 버텼다고 생각하니 그리 책망할 생각은 들지 않았다.

모두와 함께 가라는 생각은 들지만!

◆슈바인 : 자, 그럼. 처음에는 흠이 좀 잡혔지만 퀘스트는 지금부터야. 레드 바론 파운드 30마리, 당장 끝내버리자고.

마음을 다잡은 슈에게, 마스터가 말하기 힘들다는 듯이 고백했다.

◆애플리코트 : 우리는 이미 끝났다…….

◆슈바인 : 뭐?

◆아코 : 아, 정말이네요.

어라, 진짜다.

입구에서 정말로 죽을 만큼 모여있던 몬스터들. 그 대부분이 레드 바론 파운드여서 그런지 30마리 토벌이 이미 끝났다.

그렇다면 퀘스트 완료인가.

◆루시안 : 그럼 돌아갈까.

◆아코 : 그러게요~.

◆슈바인 : 잠깐! 기다려! 알았어, 이 몸이 잘못했어! 여기 진짜 리얼로 솔로 힘드니까 돌아와!

◆슈바인 : 미안하다니까! 기다려, 도와줘 부탁이야~!

알았어, 알았다고. 농담이야 농담.

◆사르반 부대장 : 설마 정말로 쓰러뜨리고 올 줄이야…….

보고하러 가자, NPC는 어안이 벙벙하다는 대사를 남겼다.

이 녀석, 불가능하다고 생각해서 명령한 건가.

◆루시안 : 왠지 예상 밖의 대사가 나왔네.

◆아코 : 실패한다고 본 걸까요?

◆미캉 : 죽일 생각이었다?

◆슈바인 : 혹시 이 녀석, 악역 NPC인가?

우리에게 무모한 퀘스트에 보내서 배제할 작정이었나.

◆세테 : 오히려 도망쳐주기를 바란 분위기 아냐?

◆애플리코트 : 흠. 처음부터 도망을 권유하던 기색이었지.

아~, 그런 견해도 있나.

그렇다면 좋은 사람일지도 모르지만…… 왜 도망치기를 바란 거지.

◆아코 : 수상한 냄새가 나네요. 이거.

◆루시안 : 불길한 예감이 드네.

전쟁 전인데, 부대장이 병사를 늘리기를 바라지 않는다니.

제국군도 하나로 뭉쳐있지는 않다는 건가.

플레이어는 이런 트러블에 금방 말려든단 말이지.

◆사르반 부대장 : 그럼 어쩔 수 없지. 네놈은 합격이다. 일개 병사로서 일을 맡기기로 하지. 이 서류를 성에 계신 황제

폐하께 전해드리고 와라.

그러나, 맡겨진 퀘스트는 일반적인 흐름이었다.

◆아코 : 토벌이 끝났으면, 다음에는 당연히 심부름이네요.

◆루시안 : 왕도네.

황제를 직접 본다는 게 꽤 무겁지만.

보통은 신인 병사에게 맡길 일이 아니라고.

◆사르반 부대장 : 중요한 서류다. 반드시 폐하께 전해드려야 한다.

◆루시안 : 그런 중요한 서류라면 믿을 수 있는 병사에게 맡기라고…….

◆아코 : 떨어뜨리면 어쩌나 생각하니 무섭네요.

◆세테 : 그래도 우리, 실력자인 건 틀림없으니까!

◆슈바인 : 오히려 이렇게나 강한 모험가를 확보했으면서 신병이라니 뭐 하자는 거야.

◆애플리코트 : 성도 태워버릴 정도의 마법을 쓸 수 있는데 말이지.

그 마음은 이해하지만, 게임이란 이런 법이니까.

레벨하고는 상관없이 신병 취급을 받기도 하고, 저레벨로 진행해도 강자 취급을 받기도 하고, 자주 있는 일이다.

◆세테 : 저기, 일부러 명령을 세세하게 따르지 말고, 우리끼리 성에 들어가서 이야기를 들으면 안 돼?

성을 향해 걸어가던 세테 씨가 그렇게 물었다.

◆루시안 : 평범한 상태로도 로드스톤 성에는 들어갈 수 있지만, 안쪽까지는 못 가니까.

◆세테 : 그거야, 높은 사람을 설득한다든가.

◆아코 : RPG에서 너무 무리한 소리를 하면 안 돼요.

외길까지는 아니더라도, 스토리는 스토리다.

◆세테 : 에이, 그런 자유로운 게임은 없어?

◆루시안 : 오픈 월드계라면 은근히 있긴 해.

◆아코 : 그래도 무리한 일을 하면 보수가 줄거나, 위험이 늘어나기도 해요.

억지로 밀어붙였는데 보수가 늘어날 리가 없지.

오프라인이라면 세이브한 곳에서 재시작할 수 있지만, 온라인은 상시 세이브. 무모한 짓은 하지 말고 진행하자.

그래서 지시대로 성 안까지 오기는 했는데.

◆재상 : 폐하께선 바쁘시다. 신병이 가져온 서류 따위를 보실 시간은 없어.

◆루시안 : 역시나~.

◆아코 : 그럴 것 같았어요…….

안에는 들어가지 못하고 쫓겨나고 말았다.

심부름 정도는 바로 끝내게 해주면 될 텐데!

◆슈바인 : 확실히, 여기서 뚫고 나간다는 선택지는 도저히 고를 수 없나.

◆세테 : 그, 그렇게까지 말하지는 않았거든?!

◆아코 : 일반인을 공격하면 안 돼요~.

◆슈바인 : 일반인이라서 쓰러뜨리면 안 된다는 룰이 이상하다고.

◆루시안 : 보물고 앞의 병사를 쓰러뜨리고 아이템을 빼앗고 싶다는 발상은 그만두게나.

◆슈바인 : 아아앙? 이쪽은 천하의 주인공님이라고?

심각한 카르마 루트다.

아무튼, 퀘스트 중이라서 이동도 하지 못한 채 멈춰버렸는데, 여기서 뭘 해야 하지?

◆티아라루주 공주 : 뭘 하고 있는 거죠? 대신.

오, NPC가 통로 옆에서 나타났다.

본 적도 없는 예쁜 드레스를 입은 여자아이이다.

◆아코 : 귀여운 옷이네요~, 저거 처음 봐요!

◆루시안 : 아코가 모른다는 건, 아직 추가되지 않은 옷인가.

아직 추가되지 않은 옷을 입은 NPC.

이건 어딜 봐도 중요 캐릭터다. 기억해두자.

◆티아라루주 공주 : 아바마마께 드릴 서류인가요? 전해드리면 되잖아요.

◆재상 : 안 됩니다, 공주님. 폐하께서는 바쁘십니다. 연락도 없이 온 일반병의 전달 사항 같은 걸 들으실 시간은 없습니다!

이름에 공주라고 나온 만큼 정말로 공주님인 모양이다.

이런 NPC도 있었나.

강하게 부정당한 공주는 시무룩한 감정표현을 꺼냈다.

◆티아라루주 공주 : 죄송합니다. 이 나라를 지키는 당신을 소홀히 대하고 말아서…….

◆아코 : 아뇨아뇨.

◆루시안 : 신경 쓰지 마세요.

대답해봤자 의미는 없지만, 왠지 대답해주고 싶은 기분이었다.

조용히 떠나가는 공주님을 배웅했다. 퀘스트가 진행됐는지, 평범하게 움직일 수 있게 되었다.

◆슈바인 : 귀여운 공주님이구만. 어이.

◆세테 : 그러게. 본 적 없는 얼굴 파츠를 쓰고 있었어~. 좋겠다~.

히로인 포지션인가?

이런 게 있으면 의욕이 나지.

◆루시안 : 그럼 어쩌지. 서류를 전해준다는 목적은 달라지지 않았는데…….

◆아코 : 크로노 기어의 마기스토크 씨가 이웃 연구소에 있었을 거예요.

◆루시안 : 용케 기억하고 있네.

아코는 아무래도 좋은 퀘스트는 바로 잊어버리는데, 중요한 NPC의 소재지는 의외로 잘 기억하고 있었다.

◆루시안 : 저번 퀘에서 이야기를 듣지 못했으니까, 가보기로 할까.

◆아코 : 크로노 기어, 개량되었을까요?

◆루시안 : 그게 세계를 멸망시킬지도 모르겠네.

◆아코 : 시공을 조작하는 초마도병기니까요. 가능하다고 생각해요.

인간이 세계를 멸할 가능성, 어디에나 있을 법하지!

마도연구소로 찾아왔다.

다행히 마기스토크 씨의 머리 위에는 퀘스트 마크가 있었다.

◆마기스토크 : 뭐? 네가 병사라고? 수많은 싸움을 거쳐온 역전의 모험가가 이제 와서 병사라니.

◆아코 : 펴, 평범한 말을 들었어요!

◆루시안 : 우리는 세계를 구한 퀘스트를 몇 개씩 했을 텐데 말이지.

NPC가 태클을 걸어줘서 기쁘다.

우리는 좀 더 평가를 받아도 될 거다. 나, 레벨 100이라고?

◆마기스토크 : 그만큼 이 나라의 상황이 궁지에 몰려있다는 건가…….

오, 그럴싸한 말을 하기 시작했다.

◆마기스토크 : 황제의 상태가 명백하게 이상해. 몬스터의 움직임이 활발해진 지금 타이밍에 전쟁이라니…… 그것도 교

국 사이레인이라고?

◆아코 : 아, 교국과 전쟁하는 건가요.

◆루시안 : 저번 보스전에서는 교회 NPC와 협력했었는데 말이지.

◆마기스토크 : 앞선 싸움에서 카프라이가 의도적으로 결계마법을 약화한 결과, 작전은 실패했어. 커다란 희생을 내가며 마왕 고아보로스의 앞까지 도착했건만, 봉인의 기회를 그대로 놓쳐버렸다고. 확실히 대의명분은 있지만…….

흐음, 저번 메인퀘. 제대로 영향을 주고 있었나.

확실히 그때, 교회 쪽 사람이 실패한 탓에 봉인할 수 없었다는 식으로 끝났으니까.

◆애플리코트 : 호호오, 역시 교회. 나아가서는 신이 문제였나.

◆세테 : 신살 루트 괜찮다고 생각합니다!

◆아코 : 그, 그런가요? 그럼 제국이 정의의 편인가요?

◆루시안 : 상태가 이상해져서 전쟁에 나선 황제잖아? 명백하게 적이라고~.

그런 이야기를 하는 사이에도 NPC의 말은 이어졌다.

◆마기스토크 : 서류는 이건가. 과연.

◆마기스토크 : 체재는 갖추고 있지만, 실질적으로는 탄원서에 가까운데. 신병 훈련도 제대로 되지 않은 상황에서 개전하는 건 반대한다는 내용이야.

어, 우리 그런 걸 전해주는 거였어?

그거 황제 폐하한테 엄청 혼나는 거 아냐?

◆루시안 : 빙빙 돌아간 명령 거부라는 건가? 신병에게 그런 걸 주지 말라고.

◆아코 : 원만하게 그만두게 하려는 거였을까요?

◆루시안 : 그쪽인가~, 그런 분위기는 있었지.

토벌 퀘스트가 어려웠던 이유도, 병사로 받아들이지 않기 위해서였나.

그렇다면, 그 대장은 악인이 아닐지도 모른다.

그런 건 확실히 말해줬으면 좋겠는데!

◆마기스토크 : 뭐, 좋아. 부대장의 직소라는 대의명분이 있다면 이용해주지. 황제에게 안내해주겠어.

오, 진행됐다. 마기스토크 씨가 데려가 주려는 모양이다.

◆루시안 : 지금까지 만났던 퀘스트 NPC가 도와주는 건 조금 기쁘네.

◆아코 : 열심히 해온 보람이 있었네요!

마기스토크 씨의 안내를 받아 성으로 들어갔다.

아까는 길을 막고 있던 재상 앞도 억지로 밀어젖히고 성 안으로 들어갔다.

◆마기스토크 : 이 앞으로 가면 알현실이야…… 그나저나 묘한데.

◆아코 : 성 안에 아무도 없네요?

◆루시안 : 이거 평범한 성 맵이 아니네. 인스턴스계 파티 전용 맵이야.

요컨대, 여기는 이미 던전이라는 거다.

즉, 기다리는 건 전투거나, 아니면—.

◆마기스토크 : 음! 뭐냐 이건!

채팅 이후에 콰앙! 하는 소리가 들렸다.

바라보니 등 뒤의 문이 멋대로 닫혔다.

네, 함정이네요! 알고 있었지만!

◆마기스토크 : 트랩을 해제하고 앞으로 가라! 나도 어떻게든 뒤따라갈 테니까!

◆루시안 : 예이예이. 함정이라는 걸 알면서도 나아가야만 하는 게 게임의 괴로운 점이네.

◆아코 : 어떻게 나아가죠? 나오는 몬스터를 쓰러뜨린다거나?

자, 수수께끼 풀이는 어떻게 할까 싶어서 바라보니.

방 한가운데에 명백하게 수상한 부조(浮彫)가 있었다.

◆슈바인 : 어딜 봐도 저거구만.

◆루시안 : 그러게…… 뒤죽박죽이 된 문장인가.

◆세테 : 방 네 귀퉁이에 스위치 같은 것도 있는데?

◆애플리코트 : 흠. 눌러볼까.

마스터가 꾹 누르자, 좌상단 부조가 움직여서 오른쪽 부조와 뒤바뀌었다.

그렇군. 퍼즐이구나!

◆루시안 : 이거 귀찮은 패턴인데!

◆아코 : 퍼즐 싫어요오오오오오!

◆애플리코트 : 다음 슈바인, 두 번이다.

◆슈바인 : 오케이.

◆애플리코트 : 미캉이 세 번, 다음에 아코 두 번. 이걸로 올바른 형태가 될 텐데.

◆루시안 : 고마워, 고마워…….

똑똑한 동료가 있어서 다행이다…… 정말 다행이다……!

나만 있었다면 마구잡이로 뒤죽박죽 조작해서 굉장히 고생할 뻔했다.

최악의 경우, 풀지 못하고 리타이어해서 퀘스트 캔슬이야.

◆애플리코트 : 머릿속에서 움직여서 완성형을 만들면 간단하다고 생각하는데.

◆아코 : 그런 짓을 했다간 머리에 열나서 쓰러져버려요오.

들은 대로 누르자, 무사히 안쪽 문이 열렸다.

좋~았어. 이제 앞으로 갈 수 있겠어.

◆루시안 : 자, 이 앞에 황제가 있겠구나!

◆아코 : 기다리세요, 황제 씨! 인간의 사악한 모습을 보러 가겠어요!

전원이 성큼성큼 앞으로 나아가서 다음 방으로 들어섰다.

그곳에서 기다리던 건— 바닥 한 면 전체에 펼쳐진 부조.

◆루시안 : 퍼즐이 커졌잖아~!

◆아코 : 도와줘요 마스터~!

◆애플리코트 : 너무 지나치잖나 운영진!

(주로 마스터가) 고생해서 퍼즐을 돌파하자, 뒤에서 NPC가 다가왔다.

◆마기스토크 : 늦어져서 미안하군, 따라잡았다. 자, 직소하러 갈까.

◆아코 : 평범하게 왔는데, 이 사람도 퍼즐을 푼 걸까요……?

◆세테 : 이 성 너무 이상하잖아! 들어올 때마다 이래야 해?

◆미캉 : 퍼즐의 프로, 있을 듯.

지금까지 성 사람과는 거의 만나지 않았지만.

이것도 포함해서 아무래도 이 성, 뭔가 이상하단 말이지.

아무튼 NPC가 앞에 서서 호화로운 알현실로 나아갔다.

◆마기스토크 : 폐하! 궁정마술사 마기스토크입니다! 전해드릴 것이 있어 찾아뵈었습니다!

◆황제 조르아크 : 호오…… 말해보아라.

옥좌에 앉아있던 남자가 천천히 일어섰다.

황제라 그런지 꽤 남자다운 캐릭터 디자인이다.

그러나 이 녀석은 본 적이 있는 파츠로 만들어졌다. 특수 캐릭터는 아닌 것 같다.

◆마기스토크 : 부대장 클래스는 물론이고, 말단 병사들에

게서도 반대의 목소리가 나오고 있습니다. 이번 침공, 너무 성급하지 않겠습니까.

◆황제 조르아크 : ……너는 반대라는 거냐. 제국의 목적을 막는 것이냐.

검은 오라가 화악 피어올랐다.

◆황제 조르아크 : 다시 말해 위대한 고아보로스 님의 방해를 한다는 것! 네놈들, 여기서 사라질 각오는 되어있겠지!

그런 대사가 표시된 동시에, 황제의 모습이 몬스터로 변했다.

아~, 이건 몬스터군요. 아크 데블의 다른 색상이다.

게다가 이 녀석, 고아보로스 님이라고 말했다고.

◆슈바인 : 이건 어둠의 지배를 받고 있군! 마왕의 부하가 틀림없어!

◆루시안 : 젠장, 황제가 자유의지로 저질러야 인간이 사악해 보였을 텐데…….

◆아코 : 아직이에요. 마왕과 인간이 협력하고 있을 가능성도 있다고요.

말하는 사이에 마기스토크가 물러나고, 이벤트 장면이 끝나 움직일 수 있게 되었다.

요컨대, 전투 개시다.

◆황제 조르아크 : 이 손으로 없애주마!

몬스터 주변에 공격 마크가 부와앙 떠올랐다.

광역 공격계인가, 귀찮아!

◆루시안 : 에이잇, 가자! 타깃 딸게!

모션으로 봐서는 아크 데블과 베르세르크의 혼합인가? 스킬 타이밍 맞추기 어렵네!

◆슈바인 : 악마 특공으로 밀어붙인다! 타깃 흘리지 말라고!

◆애플리코트 : 속성을 순서대로 시험해볼 거다! 잠시 시간을 다오!

◆미캉 : 속성 알면, 화살 맞출게요.

◆세테 : 무땅 빅! 고!

어떻게든 황제를 억누르자, 아군이 둘러싸기 위해 뛰쳐나갔다.

퀘스트에 나오는 적의 힘은 그리 강하지 않다. 그러나 라스트 에피소드답게 일반 공격도 스킬 공격도 화력이 높았다.

게다가 왠지 적의 HP 줄어드는 속도가 느린 것 같다. 아니, 안 줄었어?

◆아코 : 다들 대미지 안 들어가는데요?

◆슈바인 : 뭐야 이거, 얼마나 단단한 거야?!

◆미캉 : 선배, 이거.

◆루시안 : 에에잇, 왜 그래? 미캉!

방구석에서 활을 쏘던 미캉이 매우 불쾌한 듯 말했다.

◆미캉 : 바닥에 스위치, 있는 것 같아요.

◆루시안 : 보스까지 수수께끼 풀이냐아아아아아!

귀찮아아아아아아아아!

◆루시안 : 광역기 온다, 전원 피해~!

◆슈바인 : 무리라고! 이대로 맞는다!

◆아코 : MP 포션, 나중에 경비로 쳐주세요!

◆미캉 : 이거 실수하면 즉사할 것 같은 냄새.

◆애플리코트 : 미캉은 광역 공격으로도 죽는다. 죽을힘을 다해 전부 피하는 거다.

◆미캉 : 이런 거, 두근두근해서, 좋아해요.

슬금슬금 밀려나서, 아코의 MP도 위험 영역이다.

그러나 적의 HP도 얼마 안 남았다. 조금만 더 하면.

◆애플리코트 : 세테, 스위치 ON이다!

◆세테 : 온!

◆슈바인 : 속성은 뭐가 됐어? 또 어둠이냐?

◆애플리코트 : 이건…… 불이 통한다!

◆슈바인 : 마침내 왔다~~~~!

마스터의 말을 듣자, 슈가 의기양양하게 적 정면에 우뚝 섰다.

◆슈바인 : 이 몸의 필살 오의! 여기서 빛난다! 드래곤 소울!

◆아코 : 네~에!

맹렬한 불꽃이 황제를 덮쳐서, 단숨에 대미지를 벌었다.

어그로! 어그로가 위험해! 타깃이 샌다고!

◆슈바인 : 좋았어, 맞았다! 앞으로 1%다! 이 몸의 대승리구만!

◆애플리코트 : 잠깐, 감소가 멈췄다.

◆아코 : 이제 HP가 안 줄어드네요.

대미지가 통했지만, 적의 남은 HP가 줄지 않았다. 1%에서 내려가지 않는 것 같다.

◆루시안 : 그렇다면 뭔가 기믹이라도 있는 거 아냐?

◆아코 : 또 있나요? 아무것도 없다고 생각하는데요.

발견하지 못한 스위치가 있나 싶어서 방을 돌아보고 있는데, 적이 묘한 움직임을 보이기 시작했다.

◆황제 조르아크 : 크, 으으으으으윽!

◆루시안 : 아, 원래대로 돌아왔다.

◆아코 : 격파한 걸까요?

◆세테 : 아직 HP 보이는데? 쓰러뜨릴 수 있어?

확실히 아직 HP 1% 표시가 남았다. 그렇다면 적이겠지만—.

◆티아라루주 공주 : 뭐, 뭘 하는 건가요!

NPC의 대사와 함께 뒤에서 드레스 차림의 여자아이가 달려왔다.

성에서 만난 공주님 NPC다.

아니, 잠깐 이거! 좋지 않은 패턴!

◆티아라루주 공주 : 다, 당신은 아까의 병사?! 아바마마께 무슨 짓을 한 거죠!

◆루시안 : 타이밍이 안 좋아! 이거 착각하겠어!

◆아코 : 이 아이, 그 수수께끼를 풀고 온 걸까요?

그건 신경 쓰이긴 하네!

말하는 사이에도 이벤트는 멋대로 진행됐다.

◆황제 조르아크 : 뜻을 이루지 못하고 쓰러지는 아비를…… 용서해라…….

◆티아라루주 공주 : 아바마마? 아바마마?!

◆황제 조르아크 : 이 아비는 언제나 너의 행복을…… 기원…….

◆티아라루주 공주 : 아바마마아아아아아!

황제 조르아크가 쓰러지면서 사라졌다. 경험치도 드롭도 제로. 슬프다.

그러나 퀘스트 내용이 선택지로 달라진다면 드롭에 차이를 줄 수도 없으니…… 포기할 수밖에 없나.

◆슈바인 : 저 자식, 알맹이는 몬스터인 주제에 감동적으로 죽어버렸잖아.

◆루시안 : BGM도 슬프고, 왠지 인상적인 장면으로 꾸미고 있긴 한데.

필사적으로 쓰러뜨렸건만 미안한 일을 한 기분이 드는데. 어, 우리가 잘못한 거야?!

그치만 저 녀석 진짜가 아니잖아?! 몬스터에게 강탈당한 거잖아!

◆티아라루주 공주 : 잘도 아바마마를……! 당신들, 교회에서 보낸 자인가요?!

◆아코 : 아니거든요오.

◆세테 : 말해도 안 들리잖아~. 이게 RPG의 괴로움이구나~.

스토리가 그렇게 된 이상, 어쩔 수 없습니다.

◆티아라루주 공주 : 위병! 위병~!

공주님의 목소리와 함께 위병이 우르르 뛰쳐나왔다.

얼마나 많은 거야! 성 안에서는 전혀 못 만났는데!

◆슈바인 : 이 정도는 그냥 쓰러뜨릴 수 있지 않아?

◆미캉 : 애로우 레인, 할 수 있어요.

◆애플리코트 : 광역으로 한 방이겠지.

◆루시안 : 일반인을 쓰러뜨리려 하다니!

안 되거든! 가능하더라도 카르마 루트에 들어가 버린다고!

◆마기스토크 : 지금은 도망쳐라! 이쪽이다!

오, 믿음직한 마기스토크 씨가 힘을 빌려주었다.

옥좌 뒤에 수수께끼의 비밀 통로가 출현. 그곳으로 안내해줬다.

◆마기스토크 : 황제가 마왕의 손에 떨어졌었다니…… 진실을 알리고 싶겠지만, 당장은 어려워. 지금은 도망쳐라!

그 말에 따라 성을 탈출하자, 무사히 퀘스트를 완료할 수 있었다.

라스트 에피소드 : 제국의 음모 클리어다.

◆루시안 : 꽤 재미있는 퀘스트였네~. 기믹도 라스트도 큰 일이었지만 보람 있었고.

◆아코 : 어, 어라? 근데 결국, 병사로서는 잘린 거 아닌가요.

◆루시안 : ……듣고 보니.

인간이 문제라는 루트로 들어가려고 했는데, 마왕이 원인인 게 되었잖아!

우리의 선택, 실패였나아.

◆슈바인 : 하~앗하하! 마왕팀 대승리구만!

◆애플리코트 : 훗, 무르군. 이미 다음 선택지가 나왔다. 진실은 아직 멀었어.

아, 확실히. 퀘스트를 자동으로 받았다.

라스트 에피소드 : 다음 선택. 이것도 역시 목적지가 세 개 표시되었다.

아직도 선택지가 있는 건가. 그럼 인간 루트로 진행할 가능성도 어느 정도 있겠어.

◆미캉 : 다음, 신경 쓰여요.

◆세테 : 빨리 클리어해야겠네!

◆애플리코트 : 역시 올해 안에 클리어해야겠군.

올해의 퀘스트, 올해 안에.

모처럼 겨울방학이니까, 오늘부터 집중해서 하자.

◆슈바인 : 그럼 일단 올해 예정을 확인해볼까.

◆아코 : 아무것도 없다고 생각하지만, 엄마한테 물어볼게요.

잠깐 AFK, 전원이 우르르 이탈했다.

그래. 나도 일단 물어볼까.

어쩌면 연말에 가족끼리 어디 간다든가, 그런 예정이 있을지도 모르니까.

그런 적은 과거에 한 번도 없지만!

“엄마, 잠깐 괜찮아?”

아래로 내려와서 거실에 말을 걸었다.

그러자, 그곳에 있는 건.

“오냐.”

“왜 아버지가 있어?”

“있으면 안 되냐?!”

안 되는 건 아니지만 의외라서.

평일 밤, 그것도 이른 시간에 있다니 드문 일이다.

“연말에는 언제나 돌아왔잖아!”

“그랬던가……?”

솔직히 그것도 의심스럽다는 생각이 들 만큼 사축이었으니까.

“뭐, 아버지라도 되겠지. 연말에 예정 같은 거 있었던가?”

“……스노보드 가고 싶은데…… 모두 함께…….”

“그거, 매년 하는 말이잖아.”

말하기만 하고 안 가지만. 그러는 사이에 내가 한 번 갔을 정도다.

“그런고로, 슬프게도 예정은 아무것도 없다고? 하지만, 그래.”

이영차, 하고 일어난 아버지가 수상한 미소를 지었다.

“요전에 왔던 네 여친, 또 올 예정은 있냐?”

“응? 어, 어째서? 아버지랑 상관있어?”

“무리하게 부탁하지는 않겠지만. 그래도 올 예정이 있으면 얼굴 정도는 보고 싶거든!”

“에에에에엑?!”

아버지에게 소개하라고?!

아코는 만나고 싶다고 했지만, 진짜로 만나게 할 예정은 없었는데?!

“왜 일부러 아버지한테 소개해야 하는 건데!”

“엄마도 미즈키도 얼굴 아는데, 나만 모르는 건 쓸쓸하잖냐.”

“……그렇게 말하면 면목이 없지만.”

가뜩이나 미즈키한테 1년 동안 입 다물고 있었다는 말을 들었으니까.

“그럼, 멋대로 거절하는 것도 미안하니까 일단 물어보긴 하겠지만…… 거절당하면 포기하라고.”

“그래. 정말로 잠깐 인사만 하면 그걸로 충분하니까.”

잠깐이라고 해도, 아버지한테 소개라니.

아코한테 묘한 소리를 하지 않을까…… 괜찮을까…….

“일단 말해보겠지만, 나는 아코하고 진지하게 교제하고 있으니까 이상한 소리는 하지 말라고?”

“알았다 알았어. 애들은 그런 걸 신경 쓰지 마.”

"그러니까 그런 게…… 아아, 정말."

모르는 것 같지만, 아코도 신경 쓰고 있었으니까 일단 물어볼까.

【니시무라】 아코~, 잠깐 괜찮냐?

【아코】 왜 그러시나요? 예정 있었나요?

【니시무라】 예정은 없는 것 같지만, 조금 곤란한 일이.

【아코】 뭐든지 말해주세요!

뭐든지라. 지금 뭐든지라고 했나.

【니시무라】 그럼 물어보겠는데…… 실은 아버지가 아코를 만나고 싶대.

【아코】 Σ(°Д°lll) 냐아아아아아아?!

# 3장

# “슈바바바바바바(슈바인 님이 달려오는 소리)”

And you thought there is Never a girl online?

알맹이가 몬스터가 아니더라도, 마왕의 부하가 아니더라도, 연인의 부모님이란 어려운 타깃이다.

적어도 나와 아코는 이렇게 머리를 부여잡고 있는 상태다.

"어, 어쩌죠……."

"고민할 바에는 거절해도 괜찮았는데!"

"천만에요! 저희 부모님하고는 만났는데, 루시안의 아버님과 만나지 않는다는 건 안 돼요!"

"그렇게까지 신경 쓸 건 없다고?"

"오히려 만나고 싶다고 생각했으니까! 괜찮아요!"

"저, 정말로? 그럼 왜 그렇게 얼굴이 새파란데?"

"제 인생의 메인 퀘스트, 최종장이니까요! 조금 긴장했을 뿐이에요!"

"참말이오이까……?"

아버지가 아코를 만나고 싶다는 이야기를 한 다음 날.

우리는 아버지에 대한 일을 의논하기 위해 둘이서 패스트푸드점에 왔다.

게임 안에서 끝내기에는 무거운 이야기라서 현실에서 이야기하기로 한 거다.

"사실은 전처럼 모두와 상담하면 좋겠지만요."

"그러게…… 하지만……."

둘이서 으~음 하고 머리를 굴렸다.

우리는 평소에는 뭐든 상담하지만, 이번에는 조금 신경이 쓰인다.

"전에 조금 의견이 갈라졌으니까."

"크리스마스 때네요."

가족에게 인사하는 건 관두라고 주장하던 세가와와 인사하라고 짜샤, 라고 주장하던 마스터의 의견이 갈라졌다.

왜 그렇게 갈라졌는지는 잘 모르겠지만, 굳이 분쟁의 씨앗을 가져갈 필요는 없을 것 같았다.

"귀찮은 일에 말려들게 하는 것도 미안하니까…… 정말로 미안. 어차피 아버지는 호기심 때문에 만나고 싶다고 했을 거야."

"그렇지 않아요! 아버님도 그 황제처럼 자식을 소중하게 여기고 있을 거예요!"

"게임 이벤트로 마음이 움직이지 않아도 되니까!"

그런 중요 이벤트는 절대로 만들지 않는 평범한 아저씨니까!

굳이 말하자면, 알맹이는 몬스터일지도 모르지만! 짜증난다는 의미로!

"일단 아버지의 공략 정보를 알려줄까. 미즈키한테도 제대로 물어보라고."

"두근두근."

"으~음. 니시무라 에이이치. 41세. 혈액형은 A형. 블랙인 건지 사축인 건지는 모르겠지만, 돌아오는 시간이 엄청 늦은 회사원."

"일이 힘든가 보네요."

"취미는 스포츠, 아웃도어 전반. 우리 집에서 제일 인싸라서 교우 관계도 넓어. 연하장 숫자는 여유롭게 톱이야."

"바, 밝은 분이신가요."

"음. 미즈키 말로는, 우리 집의 포지티브 천하태평 바보."

"말이 심한 것 아닌가요?!"

"그런 사람이야."

포지티브 천하태평 바보라는 건 나도 같은 의견이다.

"뭐, 그런 사람이니까 딱히 준비할 필요는 없을 거야. 설사 잘못되더라도 반대하지는 않을 테니까."

"그렇게 대충 말하면 안 돼요! 제대로 계획을 세워야죠!"

아코는 주스 컵으로 책상을 탁탁 두드리며 말했다.

의욕적인 건 고맙지만, 정말 대충 와도 되거든?

"정말로 잠깐 이야기만 하면 되니까 괜찮다고."

"그렇게 간단히 끝낼 수는 없어요. 제대로 결혼 인사를 해야죠!"

"결혼 같은 건 안 했거든. 이상한 인사하면 안 돼. 절대로."

"이상하지 않다고요."

아코는 감자튀김을 입에 물고는 으~음 하고 고개를 갸웃했다.

“예전처럼 확실하게 내숭을 떠는 게 나을까냥?”

“엄마한테 인사했을 때처럼?”

“그렇다냥.”

그때는 나를 히데키라고 부르게 하고, 함부로 밀착하지 않고, 결혼 같은 말을 하지 말라고 꾸몄지만.

“……딱히 신경 쓰지 않아도 될 거야.”

“어, 괜찮나요? 그래도 괜찮은 건가요?”

그야 물론 이름으로 부르는 게 낫고, 밀착하는 것도 좀 그렇고, 부부라는 말을 하는 건 논외지만…… 딱히 문제는 없을 거다.

이유를 설명하기는 좀 어렵지만.

“엄마는 이상하지만 상식인이라서 조심한 거지만, 아버지는 애초에 평범하거든.”

“제가 말하는 것도 이상하지만, 평범하다면 신경을 써야 하지 않나요?”

“아니, 정말로 괜찮아. 결혼이니 뭐니 말하더라도 진심으로 받아들이지 않으니까.”

“믿어주시지 않는 건가요?!”

그야 실제로 안 했고, 말이 안 되는 일이니까.

연령적으로 무리니까 고려하지도 않는다. 그래그래 알았으니까 사이좋게 지내라. 와하하. 그걸로 끝이다.

아버지는 그런 사람이니까, 그쪽은 대충 넘겨도 괜찮다.

루시안이라 불리는 것도 부끄럽긴 하지만, 고등학생 아이가 이상한 별명으로 부르는 것도, 다소 끈적끈적하게 달라붙는 것도 딱히 신경 쓰지 않을 거다.

"반대로 말하면 너무 대충대충이라, 아코에게 실례되는 말을 하지 않을까 불안하단 말이지."

"그건 괜찮지만, 믿어주시지 않는 건 곤란해요. 열심히 설득할 수밖에 없나요……."

"오히려 내숭 떠는 걸 노력해주지 않을래?"

"노력 목표로 열심히 하겠다냥!"

"믿을 수가 없단 말이지……."

††† ††† †††

인사한다고는 해도, 곧바로 할 수는 없다.

일단 눈앞의 문제에서 눈을 돌리고 게임에 집중하는 게 우리의 스타일이다.

오늘은 두 번째 선택지. 마왕팀과 신살팀, 어느 한쪽이 선택권을 얻을 차례다.

◆슈바인 : 그나저나, 이 마을도 분위기 달라졌네.

◆미캉 : 흉흉해요.

제도 로드스톤이라 불리는 만큼, 여기가 제국의 수도다. 마을은 병사가 통행하고 있고 반대로 거리를 걷는 NPC의 숫자가 줄었다.

제국과 교회의 전쟁 준비가 영향을 끼치고 있다는 게 마을 NPC의 이야기다. 라스트 에피소드, 규모가 크네. 텍스트량이 얼마나 될까?

◆세테 : 애초에 로드스톤과 사이레인은 다른 나라구나.

◆애플리코트 : 도시국가를 이미지하는 게 올바르겠지.

◆루시안 : 한 도시 한 국가. 그런 느낌인 것 같아.

이 세계는 도시마다 하나의 정치 구조를 가지고 있다.

그래서 공성전에서 로드스톤을 확보하더라도 다른 도시에는 영향을 주지 않는다.

◆슈바인 : 그럼 왜 로드스톤이 수도인 걸까?

◆애플리코트 : 예외적으로 로드스톤만큼은 넓은 영지를 가졌다. 그렇기에 제국인 거지.

다들 깊이 생각하지 않지만, 왠지 그렇다고 한다.

◆루시안 : 그럼, 다음은 마왕팀이나 신살팀이 고를 차례인데.

◆아코 : 고르고 싶은 팀, 있나요~?

◆슈바인 : 여기!

◆애플리코트 : 음!

아코가 묻자, 곧바로 두 사람이 손을 들었다.

어, 두 팀 모두 고르고 싶어? 겹쳤어?!

◆슈바인 : 우리는 마왕의 권속이라는 게 나온 이상, 다음에는 마왕을 만나러 가는 게 정규 루트라고 생각해!

◆애플리코트 : 마음은 이해하지만, 그렇기에 우리는 여기서 궤도 수정을 한다. 이 퀘스트는 골라가도록 하마.

고고고고고. 두 사람 사이에 불똥이 튀기는, 기분이 들었다.

◆아코 : 저기, 이럴 때는 어쩌죠?

◆애플리코트 : 명확하게 정하지는 않았다. 상의하거나, 혹은—.

◆슈바인 : 힘으로, 겠지.

슈바인이 주먹 감정표현을 꺼내며 말했다.

힘으로라는 건, 다시 말해서?

◆루시안 : PvP로 정하자고?

◆슈바인 : 잘 생각해보면, 우리끼리 싸운 적은 오랫동안 없었잖아? 가끔은 괜찮을 것 같아서.

◆루시안 : 내전이라…… 그러고 보니 옛날의 홍백전 이후 처음이네.

◆세테 : 대전, 요즘에는 안 했었네~.

앨리 캣츠는 딱히 PvP 빡겜러가 아니니까. PvP 연습 같은 건 하지 않고, 우리끼리 싸울 일도 없다.

동료끼리 싸울 수 있는 드문 기회니까, 가끔은 싸워서 정하자는 건가.

◆애플리코트 : 상관은 없지만…… 그래도 괜찮은 거냐?

말하기는 좀 그렇지만, 레벨이 낮은 미캉이 있는 마왕팀이 불리할 텐데.

◆슈바인 : 싸움에서 중요한 건 자잘한 레벨이나 기술보다는 명확한 살의야. 그 점에서 미캉은 너희보다 훨씬 하이 레벨이니까.

◆미캉 : 반드시 이김.

미캉은 의욕이 넘쳤다.

이 상황을 보건대, 이쪽 두 사람은 처음부터 싸움도 불사하겠다고 생각했던 것 같다.

◆애플리코트 : 선택권은 힘으로 빼앗는다……라. 어떠냐, 세테. 받아들일까?

◆세테 : 으음~, 일단 레벨에서 이기는데, 싫다고 말하는 것도 이상하네. 좋아, 해보자~!

오오우, 하는 건가.

슈바인&미캉 VS 애플리코트&세테의 팀전.

원래는 절대 볼 일이 없는 카드다.

◆슈바인 : 그럼 루시안, 아코. 그쪽에서 룰 정해.

◆루시안 : 알았어.

◆아코 : 알겠습니다~.

중립 위치에서 문제없는 룰을 만들어야겠다.

그러나, 이렇게 되면 진심으로 생각하게 된다.

◆루시안 : 처음에 골라서 다행이야…….

◆아코 : 정말로 그러네요.

하마터면 말려들 뻔했다.

동료끼리 싸우는 건 사양이니까. 도망칠 수 있어서 다행이다.

로드스톤 중앙 광장에서 마주 보게 된 마스터, 세테 씨와 슈바인, 미캉.

두 팀이 눈에 들어오는 위치에서, 나와 아코가 나란히 섰다.

◆아코 : 그럼 이번 룰을 설명합니다!

◆루시안 : 필드는 여기, PvP 필드 : 로드스톤(하프) 맵이야.

PvP 필드에는 몇몇 종류가 있는데, 그중에서 게임 내 맵을 그대로 카피한 것이 있다.

이번에는 모두가 구조를 아는 마을인 로드스톤을 채용했다.

일반적인 투기장이라면 전략 요소가 너무 없다고 판단했다.

◆루시안 : 맵 이름에도 있지만, 대미지는 하프 설정. 이건 릴리스 대마법으로 즉사하는 걸 막기 위해서 필수니까 이해해줬으면 해.

◆애플리코트 : 어쩔 수 없지.

일반적으로는 긴 영창이 필요한 사정거리가 긴 광범위 대마법을 즉시 날릴 수 있는 게 릴리스 스킬이다.

이것만큼은 아무리 용을 써도 피할 수 없으니까, 대미지 설정 100%로 해두면 시야에 들어온 순간 미캉의 사망이 확정되는 똥망겜이 된다.

최저한의 게임성을 유지하기 위해, 이것도 필수 선택이다.

◆루시안 : 그리고 과금 아이템, 그리고 고액의 회복 아이템 사용은 금지. 우메에봉을 계속 먹거나 이그물을 들이키는 건 안 돼.

이것도 어쩔 수 없다. 자금력도 힘의 하나지만, 이 자리는 전투력으로 경쟁해야 하니까.

◆애플리코트 : 으으음. 자금 승부가 되어서는 내 승리가 확정되니까, 괜찮겠지.

◆슈바인 : 그렇게 바로 납득하는 방심, 그게 목숨을 앗아간다고?

◆애플리코트 : 방심? 무슨 소리냐. 이건 여유라는 거다.

마스터의 여유는 이미 플래그로밖에 보이지 않는데!

◆루시안 : 다른 플레이어가 들어온 경우, 싸움은 일시 중단되지만…… 일단 없을 테니까 신경 쓰지 않아도 돼. 나머진 자유야. 자기가 할 수 있는 모든 기술을 써서 상대를 쓰러뜨릴 것. 마지막에 살아남은 팀이 승리. 이상!

◆아코 : 그럼 5분 후에 시작합니다. 원하는 곳으로 이동해주세요!

◆애플리코트 : 알았다. 길드 마스터의 힘, 마음껏 보여주도록 하마.

◆미캉 : 안 져요.

◆세테 : 실은 대인전, 조금 연습했거든~.

◆슈바인 : 나의 애검이 피를 원하고 있어.

숨기 위한 시간으로 5분의 유예를 주긴 했지만, 아무도 이동하려 하지 않는다.

전원이 당당히 광장에 모습을 드러낸 채, 정면에서 노려보고 있다.

이건 단기 결전의 예감이 드네…….

◆아코 : 이거, 어떻게 될까요? 누가 이길 것 같나요?

◆루시안 : 몰라.

◆아코 : 그렇게 대충!

아코가 까앙 하고 쇼크 감정표현을 냈다.

그런 소리를 해도 어쩔 수 없다고.

◆루시안 : 정말로 모른다고. 어느 쪽에도 결정타는 있으니까.

◆아코 : 결정타…… 필살기인가요.

◆루시안 : 그래그래.

대미지가 하프 설정인 시점에서 포션을 퍼부으면 어느 정도는 살아남을 수 있다.

하지만, 그럼에도 문답무용으로 승패를 가리는 기술이 몇 개 존재한다.

◆루시안 : 우선 마스터의 대마법. 맞으면 즉사하는 위력이 있어.

◆아코 : 마스터의 마법, 강하니까요.

제대로 HIT하고 내성 속성도 좋지 않으면 누구라도 일격. 그만큼 장비를 확실하게 키워놨다. 리얼 머니가 얼마나 들었는지는 묻고 싶지도 않다.

◆아코 : 릴리스라면 위력이 떨어지죠?

◆루시안 : 보정이 모조리 통하지 않게 되니까. 그래서 일반 영창이 아니라면 즉사는 힘들어.

그래도 맞출 방법은 몇 가지 있다.

무땅의 울부짖음을 쓰거나, 공격해서 히트 스톱을 거는 등등. 스스로 둔화마법을 맞혀도 된다. 전략에 달렸다.

◆루시안 : 그리고 다른 하나. 슈의 드래곤 소울도.

◆아코 : 아, 슈가 불을 뿜는 게 있었네요.

◆루시안 : 그건 대미지가 악랄해. 대책 없이 맞으면 무리.

아무튼 배율 2000%. 평범하게 맞으면 아무리 용을 써도 버틸 수 없다.

◆아코 : 대책이 없으면 그렇다는 건, 대책을 세우면 괜찮나요?

◆루시안 : 드래곤 소울은 화속성 고정이니까, 전신을 화내성으로 두르면 어떻게 살 수는 있어.

제대로 경감하면 버틸 수 있게 되어있다. 아무리 그래도 맞으면 무조건 즉사하는 일격필살기 같은 건 콤보를 모두 채운 몽크의 피니시 기술 정도밖에 없다.

◆아코 : 그럼 평범하게 버틸 수 있지 않을까요? 불꽃의 로

브 같은 화내성 장비를 잔뜩 걸치고…….

◆루시안 : 불에 버티게 해버리면, 빙설의 대검을 쥔 슈가 란란을 날려댈 거야.

◆아코 : 아아…… 란란…….

반대 속성으로 대미지가 대폭 올라간 램페는 드래곤 소울보다 아프다. 역시 즉사다.

◆루시안 : 그리고, 그런 큰 기술을 맞추려고 하면 미캉의 원호가 강해져. 원거리에서 둔화나 무기 봉인 같은 걸 쏴대니까.

레벨차가 있으니 미캉이 불리하다고 생각하기 쉽지만, 대인전에서 원거리의 우위는 결코 적지 않다.

◆아코 : 아, 그래도 세테 씨에게는 무땅이 있으니까 실질적으로 3대2인 게…….

◆루시안 : 서머너…… 파우스트 말인데, 그게 문제란 말이지.

확실히 숫자로 따지면 마스터, 세테 씨, 무땅으로 공격수가 세 명 있는 것처럼 보인다.

그러나 이야기는 그리 간단하지 않다.

◆루시안 : 당연하지만, 소환수는 플레이어만큼 강하지 않아. 플레이어 본체도 싸울 수야 있지만, 다른 직업과의 밸런스를 고려해서 본체와 소환수를 더해야 일반적인 직업만큼의 힘을 가지게 돼.

무땅과 세테 씨를 더해야 겨우 일반적인 직업과 같은 힘이 있다.

세테 씨 본체만 쓰러뜨리는 건 그렇게 고생하지 않는다.

◆루시안 : 하울링 러시는 있지만, 콤보니까. 대인전에서 능숙하게 쓰는 건 좀 어려워.

◆아코 : 그 조작이 힘든 기술 말이죠? 옆으로 도망치면 그것만으로도 실패할 것 같아요.

정면에서 때리는 몬스터 상대로만 쓸 수 있는 콤보는 대인전에서는 쓰기 힘들다. 그 점에서도 애플리코트, 세테 팀이 유리하다고 단정할 수는 없다.

◆루시안 : 이 승부, 알 수 없어.

◆아코 : 기대되네요.

우리는 완전히 방관자 시선으로 이야기를 나눴다.

이렇게 잘난 듯이 이야기하다 보니 5분이 금방 지나갔다.

이제 곧 시합 개시다.

◆아코 : 슬슬 시간이 와요. 준비는 됐나요?

◆슈바인 : OK.

◆애플리코트 : 언제라도 좋다.

◆세테 : 두근두근! 좋아~!

◆미캉 : 쓰러뜨리겠어요.

한 명 무서운 사람이 있지만, 카운트다운 개시다.

◆아코 : 3

◆아코 : 2

◆아코 : 1

◆아코 : 스타트에요!

◆슈바인 : 으랴아아압!

◆애플리코트 : 음!

스타트와 동시에, 슈바인이 돌진 스킬로 내달렸다.

눈앞의 마스터에게 순식간에 다가가서, 검을 휘두른다—.

◆슈바인 : 놀랐지?

그런 척하고, 뒤로 블링크. 마스터의 마법이 스친다.

◆미캉 : 스나이프 스나이프.

그러는 사이에 다가온 미캉이 두 사람에게 화살을 날렸다.

몇 개는 내성으로 튕겨냈지만, 그중 하나가 마스터의 발에 직격했다.

스나이핑 레그 샷. 둔화 상태 이상을 거는 스킬이다.

◆미캉 : 무릎에 화살을 맞아, 주세요.

◆애플리코트 : 큭, 나의 내성을 돌파한 건가!

◆세테 : 떽이야. 미캉!

접근한 미캉을 노리고 무땅이 달려들었다.

그 공격을 받아낸 미캉이 예상치 못한 행동에 나섰다.

◆미캉 : 스승님의 가르침. 여기서, 앞으로!

무땅의 물어뜯기를 받아내면서, 미캉이 앞으로 나왔다!

◆세테 : 에에엑?! 그럼 쓰러뜨리겠어!

◆애플리코트 : 그건 악수다, 미캉!

고작 두 명밖에 없는 전투원 중 한 명이 쓰러뜨릴 수 있는 위치까지 접근한 거다. 그야 공격하겠지.

두 사람의 마법과 스킬이 미캉에게 향했지만…….

◆루시안 : 이건 마스터 팀이 악수일지도.

◆아코 : 안 되나요.

처음의 양동에서 슈는 돌진과 블링크, 두 개의 고속 이동 스킬을 사용했다.

그러니 방심해서 눈을 떼어놓아도 괜찮겠다 판단했겠지만…… 그러나 스킬 쿨타임은 그렇게 길지 않단 말이지.

◆미캉 : 하, 한계.

두 사람의 공격을 얻어맞은 미캉이 쓰러진, 그 순간.

◆슈바인 : 나이스 미캉! 지~금이다!

돌진과 블링크를 연속 사용한 슈바인이 중거리에서 단숨에 접근했다.

마스터를 사거리 안에 넣고, 빙속성 대검을 들었다.

그걸 본 마스터가 로브를 빙속성으로 전환하자—.

◆슈바인 : 지금이다! 이게 격렬하게 타오르는 사랑의 불꽃! 드래곤 소우우우우우울!

◆애플리코트 : 끄아아아아아아아아아악.

◆루시안 : 우와아.

◆아코 : 당해버렸네요~.

미캉의 희생은 그저 마스터의 의식이 쏠리는 타이밍을 노

리기 위해서였으리라.

갑작스러운 공격으로 빙속성 무기를 겨누게 되자, 마스터는 저도 모르게 속성을 맞춰버리고 말았다. 거기서 드래곤 소울의 불꽃이 뿜어져 나온 것이다. 그야 일격에 증발이다.

작전의 승리라고 해야 할지, 단 한 번의 기회에 올인한 두 사람이 노련하게 승리했다는 느낌이다.

◆세테 : 에에에에엑?! 선배?!

그리고 혼자 남은 세테 씨.

이걸로 남은 건 일대일. 슈바인 대 세테다.

◆세테 : 아, 아하하하하~.

◆슈바인 : 자, 그럼. 절친끼리의 일대일이야. 결판을 내보자고.

의욕이 넘치는 슈바인.

그런 대검사를 앞두고, 세테 씨가 손을 번쩍 들었다.

◆세테 : 시, 심판~.

◆아코 : 네~?

◆루시안 : 뭔데~.

◆세테 : 제가 이길 방법은 있을까요? 어떻게 해야 좋을까요?

이미 근거리로 다가온 시점에서 딜 특화인 드래곤 나이트를 파우스트로 이길 방법이라.

◆루시안 : 포기하지 그래?

◆아코 : 웃으면 된다고 생각해요.

◆세테 : 싫어어어어어어.

◆슈바인 : 슈바바바바바바바(슈바인 님이 달려오는 소리).

††† ††† †††

◆슈바인 : 자~, 그럼. 마왕 루트로 가볼까~.

◆미캉 : 대승리.

◆애플리코트 : 이렇게나 바로 져버릴 줄이야…….

◆세테 : 5분도 안 싸웠어~.

즉사 공격이 있다고 해도, 레벨이 낮은 미캉을 데리고 승리했다. 마왕팀, 대단한 승리였다. 축하합니다.

◆애플리코트 : 패한 이상 깔끔하게 승복하마. 마왕팀이 고를 선택지는 뭐냐?

◆슈바인 : 이 아이야. 목표인 NPC의 이름을 봤을 때부터 이 아이밖에 없다고 생각했어.

NPC의 이름은, 마왕 신봉자 스칼렛.

성 근처, 뒷골목에 있는 메이드였다.

## 라스트 에피소드 : 마왕의 그림자
### (마왕팀 슈바인&미캉 선택)

로드스톤 제국, 황제 조르아크는 마왕의 부하였다.

모험가는 가까스로 조르아크를 격파하지만, 황제 암살자로서 제국에 쫓기는 몸이 되고 만다.

조르아크에게서 얻은 정보를 통해 제국의 음모가 마왕 고아보로스의 계획이라는 것을 알게 된 모험가는 마왕에게 접근하기 위해, 마왕을 숭배하는 조직과의 접촉을 시도한다.

그리고 모험가가 만난 것은 한 명의 메이드. 스칼렛이라는 이름의 마왕 신봉자였다.

◆**마왕 신봉자 스칼렛** : 용케 나를 찾아냈네요. 들었어요.
황제를 죽인 게 당신들이라면서요?

◆**마왕 신봉자 스칼렛** : 덕분에 제국은 전쟁 일직선.
온건파도 막을 수 없는 상태죠. 훌륭한 일 처리였어요.

스칼렛은 제국이 전쟁을 벌이는 것에 기뻐했다.

모험가는 그녀의 명령을 따르며 마왕 신봉자의 신뢰를 얻으려 한다.

| |
|---|
| **■라스트 에피소드 를 마왕의 그림자 로 진행하시겠습니까?**<br>**■진행한 경우, 다른 선택지는 소멸합니다.**<br><br>**■라스트 에피소드 : 마왕의 그림자 로 진행합니다.** |

모험가가 마왕에게 복종한다고 말하자, 스칼렛은 다양한 지시를 내렸다.

◆**마왕 신봉자 스칼렛** : 그럼 당신에게 중요한 미션을 내리겠습니다.
마왕님의 명령을 따르지 않고 제국의 진군을 막는 초원의 몬스터,
기가 엘레펀트를 50마리 토벌해주세요.

◆**마왕 신봉자 스칼렛** : 훌륭한 일 처리였습니다. 다음에는 아득한 저편,
눈의 나라에 잠복한 암흑 조직에게 편지를 전해주세요.

◆**마왕 신봉자 스칼렛** : 우리는 강력한 독약을 찾고 있습니다.
깊은 숲속에서 찾을 수 있다고 하는 맹독 열매를 모아오세요.

다양한 난제를 클리어하는 모험가.

그 과정에서 조금씩 마왕 신봉자들의 신뢰를 얻어간다.

◆마왕 신봉자 스칼렛 : 잘 돌아왔어요. 훌륭한 활약입니다, 동지여.

◆슈바인 : 이 이상 잡일을 시키면 먼저 얘부터 마왕한테 보내버릴 거야…….

◆아코 : 지, 진정하세요! 일이잖아요!

◆루시안 : 아무리 그래도 이번에는 끝일 거야. 응!

이렇게나 했으니까, 슬슬 퀘스트 진행되겠지!

◆마왕 신봉자 스칼렛 : 다음에는 이 나라에 할 은밀한 임무를 도와줘야겠습니다.

◆미캉 : 마왕 같아!

◆슈바인 : 뭘 하는 걸까? 마물 돌보기라든가?

그녀가 우리에게 명한 건, 그런 다정한 임무가 아니었다.

◆마왕 신봉자 스칼렛 : 전쟁을 대비하여 식량 배급이 시작됐습니다. 그 창고를 모두 습격해서 식량을 빼앗으세요.

◆슈바인 : 얘, 진심으로 하는 소리야?

◆루시안 : 엄청 못됐잖아.

◆아코 : 카르마가 오를 것 같네요~.

그냥 겉으로만 마왕 신봉자인 줄 알았는데, 하는 일이 심하다.

아무리 생각해도 세계를 구할 모험가가 할 일이 아니다.

◆루시안 : 그만둘까? 슈.

◆슈바인 : 이제 와서 못 하겠다고 할 수는 없잖아. 마왕에

게 접근해서 진실을 알아내야지!

◆애플리코트 : 으그극…… 이런 악행에 손을 물들이고 싶지는 않다만…….

이미 받아들인 이상 도망칠 수 없는 것도 퀘스트의 곤란한 점이다.

마지못해 가본 창고에는 몇 명의 병사가 경비하고 있었다.

◆아코 : 여기를 습격하는 건가요? 정말로?

◆슈바인 : 당연히 해야지! 응석 부리지 말라고!

◆미캉 : 콜래트럴, 이에요.

어쩔 수 없이 경비를 선 병사에게 말을 걸었다.

◆제국 병사 바쿠스 : 전부 내놓으라고?! 사이레인 놈들인가! 그럼 내가 상대해주마!

◆제국 병사 엣지 : 잠깐, 진정해! 이 녀석 실력자야! 너에게는 막 결혼한 아내가 있잖아! 내가 앞에 서서 싸우겠어!

◆제국 병사 바쿠스 : 너는 아들이 막 태어났잖아! 나에게 맡겨!

◆제국 병사 엣지 : 큭, 어쩔 수 없지…… 우리 둘이서 가자!

◆제국 병사 바쿠스 : 그래!

굉장히 싸우기 힘들게 하는 대사 이후, 전투에 돌입했다!

게다가 엄청 약하다! 대미지가 전혀 없어!

◆루시안 : 이 녀석들을 쓰러뜨려야 해?! 어, 이 대화 이후에?!

◆아코 : 신혼부부…… 저는 공격할 수 없어요……!

◆애플리코트 : 나도 못 한다! 이 녀석들에게 마법을 쏘는 건 불가능해!

◆세테 : 여, 역시 좀 마음이 아픈데!

신혼 병사와 아버지 병사, 이 두 사람을 쓰러뜨리면서까지 마왕에게 접근할 필요가 있는 건가?!

그렇게 주장하는 우리 앞에서.

◆슈바인 : 란란(‘·ω·’)!

◆미캉 : 애로우 레인(‘·ω·’)

◆슈바인 : 슈바이이이이인!

◆아코 : 미카아아아앙!

이 녀석들 저질러버렸어!

진짜로 스킬 썼다고! 그리고 일격에 쓰러뜨렸다!

◆아코 : 어째서, 어째서인가요! 죄 없는 병사들을, 어째서!

◆슈바인 : 마왕님에게 접근하기 위해서야! 어쩔 수 없잖아!

◆미캉 : 모든 것은, 마왕님을 위해.

◆루시안 : 이미 평범한 마왕 신봉자가 되어버렸잖아!

마왕을 쓰러뜨리는 루트로 가는 거 아니었어?!

◆제국 병사 바쿠스 : 이 식량은 마을 사람들의 것…… 아아…… 엘레나…….

◆제국 병사 엣지 : 이건 싸우기 위한 식량이 아닌데…… 케빈, 강하게 살아라…….

배급용 식량을 손에 넣었다!

—뒷맛, 안 좋아!

마왕 쪽 선택지를 고른 결과가 이거냐!

◆루시안 : 참고로 남은 창고는 몇 개 있어……?

◆슈바인 : 앞으로 세 곳이야.

◆아코 : 이제 무리에요오오오오오!

멘탈에 현저한 대미지를 입으면서도 어찌어찌 명령을 완수했다.

우리는 이제 돌이킬 수 없다. 완전한 악인이야…… 하하하하하…….

◆마왕 신봉자 스칼렛 : 잘해주었습니다. 마왕님의 신도로서 부끄럽지 않은 행실입니다.

◆세테 : 누가 어딜 봐도 부끄러움밖에 없었어…….

◆애플리코트 : 나는 더러워지고 말았다…… 미안하다 세이쥬로…….

◆아코 : 마음이…… 마음이 괴로워요…….

◆슈바인 : 참고로 이 식량 비싸게 팔리지 않을까?

◆미캉 : 역시 돼지 선배, 그대도 못됐구먼.

◆루시안 : 퀘스트 아이템을 팔려고 하지 마!

너희는 악마냐!

◆마왕 신봉자 스칼렛 : 우리의 노력으로, 사이레인을 향한 조기 침공이 결정되었습니다. 당신의 활약에는 마왕군 간부

마르코시아스 님도 주목하고 계십니다.

◆슈바인 : 어라, 조금 위로 올라갈 수 있나?

◆루시안 : 여기까지 했는데도 올라가지 않으면 화낼 거야.

◆마왕 신봉자 스칼렛 : 마왕성에서 마르코시아스 님과 직접 대화를 나누세요. 암호는 들국화, 입니다.

◆아코 : 들국화, 네요.

◆루시안 : 바로 쓰고 싶기는 하지만, 그냥 빨리 가자.

이런 사악한 일을 잔뜩 시키다니. 마왕인지 간부인지 모르겠지만, 쓰러뜨려 주겠어.

다음 목적지는 마왕성이다!

출발하기 전에, 세테 씨가 이렇게 말했다.

◆세테 : 저기, 그 전에…… 그 식량 돌려주러 가지 않을래?

◆루시안 : 그건…… 가능하지만.

◆아코 : 쓰러뜨린 뒤에도 시체가 사라지지 않았으니까요.

◆슈바인 : 일단 가보기로 할까?

아직 쓰러진 병사가 남아있는 창고로 돌아갔다.

식량을 주운 곳을 클릭하자—.

▶배급용 식량을 되돌리시겠습니까?◀

◆루시안 : 돌려줄 수 있어~!

◆아코 : 해냈어요!

◆제국 병사 바쿠스 : 돌려주러…… 온 거냐……? 너는 대체…….

게다가 병사도 살아있어!

다행이다. 돌이킬 수 없는 악행은 아니었어!

◆슈바인 : 나는 당연히 이렇게 될 줄 알았으니까 임무를 수행한 거야. 이야~, 대 정답이었네.

◆미캉 : 마왕에게 마음은 팔지 않았어요.

◆애플리코트 : 이때라는 듯이 선인 시늉을 하는군…….

온라인 게임이니까 괜찮다고 생각한 주제에…… 이 녀석들, 잘도 말한다니까.

게임이니까 이런 선택지를 고르는 것도 전혀 나쁜 일은 아니지만.

◆루시안 : 그나저나 위험했어. 카르마 루트로 직행할 뻔했다고.

◆세테 : 카르마 루트가 뭔데~?

◆루시안 : 이런 나쁜 일만 저지르다 보면 악인 같은 루트로 들어가는 게임이 있거든.

카르마는 업보라는 뜻으로, 게임에서는 선악의 수치로 자주 사용된다. 악으로 기울어졌을 때 진입하는 루트를 대부분 카르마 루트라 부른다.

마을 사람의 식량을 전부 빼앗고 방치해둔 채 트루 엔딩을 보는 건 역시 좀 힘들어 보이니까, 되돌릴 수 있어서 다행이다.

◆슈바인 : 좋아, 마왕성으로 가자!

◆미캉 : 쓰러진 병사들의 원한, 갚지 않고 배길쏘냐~.

자발적 마왕 신봉자를 선두에 세운 우리는 마왕성으로 향했다.

찾아온 마왕성은 변함없이 몬스터투성이.

평범하게 사냥하러 오기도 하는 맵이니까 당연한가.

◆슈바인 : 우리는 마왕 신봉자야! 왜 덮쳐오는 건데!

그런 소리를 해도, 이 녀석들은 선공 몬스터라고.

신봉한다고 해도, 저쪽에서 아군이라고 생각해 줄지는 알 수 없으니까.

적을 픽픽 쓰러뜨리면서 나아간 목적지는 성의 어느 한 곳. 평소에는 아무것도 없는, 닫혀있는 통로 주변이다.

그곳으로 다가가자.

▶암호는?◀

이런 메시지가 표시되었다.

◆아코 : 암호는, 건강!

◆루시안 : 그게 아니거든!

◆아코 : 어라, 이거 아니었나요?

◆슈바인 : 들국화야, 들국화.

슈바인의 채팅에 반응했는지, 맵 이동이 가능한 워프 포인트가 나타났다.

지금까지 가본 적 없는 마왕성 구역으로 들어가는 건가.

조금 두근두근하네.

◆슈바인 : 자~, 그럼. 보스전이려나?

◆아코 : 마르코시아스 씨가 호출했으니까, 바로 싸우는 건…….

◆루시안 : 일단 버프는 걸어둘까.

버프를 다시 걸고, 내가 선두에 선 후 실내로.

순간 로딩이 걸린 뒤에 표시된 방은, 마치 서양 저택 안 같이 깔끔했다.

그 중심에는, 어디를 봐도 강해 보이는 악마 몬스터가 서 있었다.

◆간부 마르코시아스 : 네놈이 루시안인가.

내 이름을 부르고 있는데, 이건 각자의 화면에서는 본인의 이름을 부르고 있을 거다.

무슨 말을 하는지 지켜보니…….

◆간부 마르코시아스 : 대단히 활약하는 인간이 있다고 들어서 불렀는데…… 설마 네놈일 줄이야.

◆간부 마르코시아스 : 한 번은 마왕님과 적대하고, 황제가 된 몬스터를 배제한 모험가 녀석, 어째서 우리에게 접근했지?

◆아코 : 어, 어째서냐고 하셔도.

선택지가 나오지 않고, 움직일 수도 없다.

이대로 이야기가 진행되는 건가?

◆간부 마르코시아스 : 생각할 것도 없나. 마왕님의 목숨을

노리러 온 거겠지!

악마의 날개를 확 펼친 마르코시아스가 날아올랐다.

◆간부 마르코시아스 : 그렇다면, 내 손으로 없애주겠다!

우와아, 혼자 매듭지어버렸어!

◆슈바인 : 이쪽이 말할 수 없으니까 자기 멋대로네. 나 참.

◆아코 : 이야기 정도는 들어줘도 되잖아요!

선택지가 없을 때는 저쪽이 멋대로 이야기를 진행한다. 퀘스트의 무서운 점이다.

그러나, 이렇게 되면 역시 보스전인가.

◆슈바인 : 이렇게 될 줄 알았어. 완벽하게 대악마 장비를 입고 왔다고.

◆미캉 : 성스러운 화살, 장전 끝.

근육뇌팀이 흥겨워하는 가운데, 마르코시아스가 움직였다.

◆간부 마르코시아스 : 자, 날아가 버려라!

검은 빛이 화면을 뒤덮었다.

자, 전투 준비—인 줄 알았는데, 검은 빛이 흐릿해지며 사라졌다.

◆루시안 : 어라?

◆미캉 : 못 움직여?

아직 이벤트 중인가? 전투 안 들어가는데?

◆마왕 고아보로스 : 그만둬라, 마르코시아스.

뒤쪽에 어두운 이펙트와 함께 검은 그림자가 나타났다.

고아보로스…… 아, 마왕인가. 이걸로 퀘스트가 진행되겠지.

어? 마왕? 진짜로?!

◆아코 : 마왕 씨?! 어째서?! 마왕 씨 어째서?!

◆미캉 : 바라던 바.

◆슈바인 : 좋다 이거야. 한꺼번에 베어주겠어!

◆루시안 : 우리가 죽거든.

마왕은 얼마 전 메인퀘에서 봉인될 뻔했는데도 상당히 강했었다고!

당연히 무리지!

◆애플리코트 : 패배 이벤트가 아니라면 뭔가 이유가 있어 보이는데…….

마스터의 말대로, 대화 장면이 이어졌다.

◆간부 마르코시아스 : 마왕님! 어째서 막으신 겁니까!

◆마왕 고아보로스 : 녀석들은 이 고아보로스를 만나러 온 거다. 물러나 있어라.

◆간부 마르코시아스 : 알겠습니다.

마르코시아스 씨가 스으윽 흐릿해지며 사라졌다.

어, 당신 등장은 이것뿐?!

◆슈바인 : 불쌍한 간부네.

◆미캉 : 나중에 제대로 쓰러뜨려 줄게.

그 애정은 필요 없다고 생각합니다!

◆마왕 고아보로스 : 자, 모험가여. 진실을 알기 위해 머나

먼 짐의 성까지 온 거겠지?

마왕이 스윽 앞으로 나오며 말했다.

◆마왕 고아보로스 : 마물을 봉기시키고, 전쟁을 일으키고, 인간의 숫자를 줄인다. 그건 틀림없이 이 고아보로스 님의 계획이다.

◆마왕 고아보로스 : 하지만, 이것이 세계의 멸망을 막기 위한 유일한 길. 네놈이 아는 종언의 세계를 뒤집기 위해 필요한 선택인 거다.

오, 흐름이 변했는데?

악역이었던 마왕이 조금 선인이 된 기분이 들어!

◆슈바인 : 이건 진짜로 마왕 님 선인 루트 있는 거 아냐? 그건 그것대로 마왕 루트네!

◆애플리코트 : 이런, 이대로 가면 마왕 루트가 확정되고 만다.

◆슈바인 : 이 선택지가 핵심이었구나! 나의 드래곤 브레스로 날려버렸던 게 승리의 요인이었어!

◆미캉 : 또 이겨버렸다.

마왕팀이 기뻐하고, 신살팀이 절망한 그때.

이런 글이 화면에 표시되었다.

◆마왕 고아보로스 : 짐이 아니다. 네놈들이 믿는 신이야말로, 세계를 멸망으로 이끈 원흉인 거다.

신, 악인 플래그 성립!

◆슈바인 : 어째서야아아아!

◆애플리코트 : 좋~아좋아좋아좋아좋아!

◆세테 : 신살팀 대승리!

◆미캉 : 불합리.

◆루시안 : 아니아니, 이건 아직 루트 확정은 아니야!

마왕의 책략일 수도 있으니까, 아직은 전혀 알 수 없다고.

◆루시안 : 자~, 그럼 마왕의 말을 어디까지 믿을 수 있을까.

◆아코 : 이러니저러니 해도 인간 탓 아닐까요?

◆애플리코트 : 너희는 어느 의미에서는 전혀 흔들리지 않는구나.

최종적으로 인간이 문제라는 루트는 어디서든 분기할 수 있으니까!

◆마왕 고아보로스 : 믿을 수 없다면, 그 신의 곁을 찾아가 보아라.

몸을 빙글 돌린 마왕이 떠나갔다.

◆마왕 고아보로스 : 우리조차 고전하는 사이레인의 방어를 돌파할 수 있다면, 말이지.

그 말을 남긴 채, 사라졌다.

그러자 로딩이 시작되더니 자동적으로 방 바깥, 마왕성 안으로 쫓겨났다.

화면에는 퀘스트 완료 문자. 이번 퀘스트는 여기까지인가.

◆애플리코트 : 역시 신이 문제였군!

◆슈바인 : 하지만 마왕이 정의라는 건, 어느 의미로는 마왕 루트 아닌가?

◆미캉 : 아직, 몰라요.

실제로도 이야기가 두 번 세 번 뒤집히고 있으니까 아직 모른다.

인간 루트일 가능성도 있다. 신이 무슨 이야기를 하느냐에 달렸다.

◆루시안 : 이거 다음 퀘스트가 기대되는데.

◆애플리코트 : 다음을 시작해버리면 어중간해지겠군. 나머지는 내일 하기로 하자. 슬슬 퀘스트도 후반에 접어들었다. 활기차게 가자.

◆루시안 : 오~.

◆아코 : 네~에.

최종적으로 어떤 엔딩을 맞이할까. 메인 퀘스트의 이야기는 아직 엔딩의 그림자도 보이지 않는다.

◆슈바인 : 그럼, 내일 낮부터 해도 돼?

—응? 내일 낮?

미안, 그건 좀 곤란해.

◆루시안 : 미안, 낮에는 잠시 볼일이 있어서.

◆아코 : 밤에 해도 될까요?

◆애플리코트 : 음, 그런가. 그럼 저녁 식사 이후에 집합이겠군.

◆슈바인 : 마침 딱 좋네. 조금은 수험을 위해 공부도 해둬야지.

◆세테 : 특히 선배는 말이지~.

◆애플리코트 : 무슨 소리냐. 당연히 여유롭지! 이러는 사이에도 단어장을 넘기고 있으니까!

◆미캉 : 노력가……!

◆루시안 : 여, 역시 대단하네.

◆아코 : 아하하하하.

떠들썩한 채팅 속에서, 나와 아코는 내일을 생각하며 몸을 떨었다.

그래, 내일. 아코가 우리 집에 온다. 아버지와 대면하기 위해.

아코의 인생 메인 퀘스트. 그 최종장도 시작되려 하고 있었다.

―어째서 아코의 인생 메인 퀘스트는 우리 가족이 보스인 걸까?

††† ††† †††

다음 날 아침.

마왕도 악마도 아닌, 우리 아버지와 인카운트하는 날이다.

"스읍~ 하아, 스읍~ 하아."

이미 익숙해진 우리 집인데도 아코는 매우 긴장된 모습이다.

나도 아코의 아버지를 만날 때는 이런 느낌이었다.

“정말로 대충 대해도 괜찮으니까, 잠깐만 인카운트하고 도망치자.”

“녜, 녜혯!”

“……사실 지금이라도 돌아가도 되는데.”

“돌아가고 싶어지니까 그런 말은 하지 마세요~!”

무리하지 않아도 되는데 말이지.

그래도 왔으니까, 일단 얼굴만 마주하도록 하자.

우선 벨을 누르고 나서 현관으로 올라왔다.

“다녀왔어~.”

“시, 실례합니다~.”

조심조심 신발을 벗은 아코가 살며~시 정돈했다.

움찔거리는 모습이 왠지 귀엽다. 작은 동물 같다.

그때, 거실에서 작은 그림자가 불쑥 나왔다.

“어서 오렴, 아코.”

“아, 어머님. 오늘은 잘 부탁드립니다!”

아코가 후우, 숨을 내쉬었다.

“오늘은 날씨도 좋고, 좋은 기회를 얻게 돼서…….”

“나한테 그런 건 됐으니까, 이거이거.”

엄마는 웃으면서 한 권의 수첩을 꺼냈다.

“이거, 조금 급하긴 했지만, 만들어봤어.”

"이, 이건……!"

표지에는 『타마키 아코, 니시무라 히데키 인사 순서』라는 글자가.

대, 대본~! 엄마가 이걸 만들었다고!

"왜 이런 걸 준비한 거야. 아코한테는 필요 없잖아?!"

"감사합니다! 정말로 살았어요!"

"받는 거야?! 그거 필요해?!"

"괜찮아. 열심히 하렴."

"네!"

"그냥 마음대로 해……."

틀렸어…… 나는 이 두 사람을 이해할 수 없어…….

"그럼 들어갈까. 알고 있겠지만 이쪽이야."

"시, 실례합니다!"

몇 번째인지 모를 실례합니다 소리를 입에 올린 아코와 함께 거실로 들어왔다.

거실 테이블에는 이미 아버지와 미즈키가 기다리고 있었다.

"데려왔어~."

"오오, 어서 와라!"

멋진 미소나 짓기는, 젠장!

"아, 안녕하세요…… 타마키 아코라고 합니다…… 저번에는 실례가 많았습니다……."

힐끔 대본에 시선을 돌린 아코가 고개를 꾸벅 숙였다.

그리고 슬~쩍 고개를 들자, 아버지가 말했다.

"이번이 두 번째인가. 반갑다 반가워, 히데키의 아버지란다…… 아버지인데……."

아코를 빤~히 바라보던 아버지가 굉장히 복잡한 표정을 지었다.

"……히데키, 너. 이 아가씨의 약점이라도 잡은 게……."

"아니거든."

"……그러냐."

그 발상을 떠올리는 건 이해하지만, 입 밖으로는 내지 말았으면 좋겠다.

"아코 씨는 여기 앉아~."

"네에엣."

미즈키가 말을 걸자, 아코는 휘청휘청하며 그리로 향했다.

나는 아코 옆, 너무 달라붙지 않게 조금 거리를 두고 앉았다.

정면에는 아버지와 어머니, 상석 위치에 미즈키가 앉았다.

뭐야 이 면접 같은 분위기. 나까지 긴장되네.

"어, 어어어, 그게, 저기……."

"아코! 먼저 1항의 1, 순서 이야기야."

어머니가 작은 목소리로 뭐라고 말했다.

1항의 1? 그거 대본?!

"앗, 맞아요! 저희 부모님하고 히데키는 벌써 대면도 마쳐서…… 아버님이 마지막이 되고 말아서, 정말로 실례 많았습니다!"

"그, 그건 대본인가? 애들 엄마의? 너도? ……그렇게 신경 쓸 건 없는데? 그보다 학생이니까 그렇게 형식적으로 인사할 필요는 없다고?"

"아뇨, 그래도."

오들오들 떠는 아코에게 작은 목소리로 말을 걸었다.

"내가 말하기는 좀 그렇지만, 신경 쓸 것 없어. 응."

"그래도, 그래도."

그런 아코에게, 엄마가 대본 한 곳을 가리켰다.

"아코. 여기는 2항의 3, 히데키하고는 진지한 교제를, 부분이야."

"2의 3…… 그렇군요! 히데키하고는 진지한 교제를 하고 있어서, 제대로 인사를 드리고 싶었어요!"

"그, 그렇구나?"

아코가 대본을 보고 기뻐하면서 말하자, 아버지의 텐션이 더욱 내려갔다.

"이건 단순한 흥미인데, 사귄 지는 얼마나 됐지?"

"어어어, 기간은……."

"2항의 4, 1학년 때부터 부분."

"네! 1학년 때부터예요!"

"그, 그렇구나~."

아버지는 꽤 어색한 미소를 지은 뒤에 내게 작은 목소리로 말했다.

"히데키, 왜 엄마가 두 사람으로 늘어난 거냐?"

"괘, 괜찮아. 이렇게나 악화되는 건 긴장했을 때뿐이니까."

"그, 그러냐…… 아무래도 엄마가 늘어나면 나도 마음고생이……."

"여보? 내가 늘어나면 뭐 어쨌다는 건가요?"

"아무것도 아닙니다!"

아버지는 고개를 붕붕 내저었다. 변함없이 약하다.

"뭐, 애들 엄마나 미즈키하고는 잘 지내고 있는데 굳이 아버지가 더 말할 필요는 없겠지. 히데키를 잘 부탁한다."

"네, 넷!"

오, 끝인가? 괜찮아 보이나?

상대가 아버지라 그런지 간단히 클리어했다. 다행이다.

"대면은 끝났으니까, 그럼 돌아갈까!"

"뭐야뭐냐, 벌써 돌아가려고?"

이걸로 돌아가려고 한 순간, 옆에 앉아있던 미즈키에게서 목소리가.

"아빠. 이렇게 간단히 끝내면 오히려 실례야! 아코 씨한테 묻고 싶은 거 없어?"

"그건 그런가. 아빠도 조금 더 이야기를 듣고 싶으니까!"

미즈키의 원하지 않던 어시스트~!

"그럼 아코한테 물어볼 테니까, 당신은 조용히 있어 줘."

"어머, 귀여운 며느리를 도와주면 안 된다는 거야?"

"잠깐?!"

"며느리라니…… 부부니까 사실이긴 하지만요!"

"거기 두 사람 그만둬!"

둘이서 터무니없는 소리를 하고 있잖아!

부부이니 며느리니, 엄마까지 그런 소리를 하면 아무리 아버지라도—.

"어이어이, 묘한 소리를 하는데. 너무 성급하잖냐~, 나 참."

"……어라?"

한 귀로 듣고 한 귀로 흘려버린 반응을 보자, 아코가 어리둥절했다.

그, 그렇군. 역시 전혀 진지하게 받아들이지 않는구나.

응, 아버지는 이런 면이 평범하단 말이지. 오늘만큼은 그게 구원이다.

"그럼 아코. 학교는 어떠냐? 즐겁게 보내고 있고?"

처음으로 날아온 건, 역시 평범하고 알기 쉬운 질문이었다.

이거라면 아코도 괜찮겠다 싶었지만.

"그, 그게…… 처음에는 제대로 등교하지 않아서…… 성적은 밑에서 톱클래스 정도고……."

"이크, 민감한 걸 물어봤나? 미안미안!"

안 돼~! 이건 좋지 않아~!

"잠깐잠깐! 괜찮다고! 요즘에는 매일 등교하고 있고 성적도 오르고 있으니까!"

"뭐라고? 그럼 신경 쓸 필요 없나. 이 아저씨도 학생 시절에는 성적이 엉망진창이었거든?"

아버지는 싱글벙글 미소를 지으며 말을 이었다.

"친구는 어떠냐? 요즘 여고생은 뭘 하고 놀지?"

"히데키와 공통된 친구가 몇 명 있을 뿐이라…… 평소에는 온라인 게임을 계속……."

의자를 슬금슬금 이쪽으로 움직여서 내 옷자락을 잡은 아코가 대답했다.

"치, 친구가 없니? 으, 으응? 그거 진짜로?"

"아니거든! 평범하게 있다고!"

아코가 일방적으로 친구가 아니라고 판정하고 있을 뿐이야! 반 애들을 친구로 쳐달라고! 사실 그게 아니면 나도 친구가 없어지니까!

"아~, 취미나 특기는 어떻지?"

"……특기가 없다는 게 제일 특기……라고 생각해요……."

"그, 그렇구나~."

"얘는 가사가 특기거든! 요리를 엄청 잘하고! 뜨개질도 할 수 있어!"

"뭐냐, 재주 많잖냐! 겸손하네. 아하하!"

"그래도 미즈키가 더 잘해서……."

"비교해서 말할 필요는 없잖아!"

이 피곤한 흐름은 뭐냐고!

평범하게 질문에 대답하고 있는데도 점점 궁지에 몰리고 있다니 어떻게 된 거야?!

차라리 대본을 읽었던 엄마와의 인사 쪽이 더 낫지 않아?!

"역시 저처럼 결점밖에 없는 인간은 남들 앞에 나오면 안 되는 걸지도 몰라요……."

"결점은 오히려 자기 평가가 너무 낮다는 점이야!"

자신만만하게 뭐든 도전하는 아코가 된다면 그건 그것대로 굉장한 대실패를 거듭할 것 같다는 기분이 들지만!

그나저나 곤란한데. 이건 포지티브 천하태평 바보인 아버지라도 반대할지도 몰라.

"그게 아니고, 아버지. 아코는 본인이 말하는 그런 애가 아니라!"

"그래, 괜찮아. 그렇군, 알았다 알았어."

"알았다니, 뭐가……?"

뭔가 납득한 듯이 고개를 끄덕이고 있는데, 어떻게 된 거야?

그리고 아버지는 내게 가벼운 미소를 보냈다.

"뭐, 고등학생끼리의 교제니까 그래도 괜찮겠지. 사이좋게 지내라!"

"……응? 아아, 응."

"네, 넷! 사이좋게 지낼게요!"

밝게 찬성해주자, 아코는 안심한 듯이 미소를 지었다.

고맙긴 한데…… 왠지 묘한 말투였다. 의미심장하달까, 타협하고 있달까.

"이 녀석에게 불만이 있으면 언제든 차버려도 되니까!"

"뭐?! 잠깐, 아버지. 쓸데없는 소리는 하지 마!"

"그런 일은 절대로 없어요! 오히려 제가 미움받지 않을까 불안하거든요!"

"그러냐 그러냐. 하하하."

가볍게 웃은 뒤.

"이야~, 그나저나 왠지 분한 마음이 있는데!"

이야기의 흐름을 바꾸려는 듯이 아버지가 밝게 말했다.

"아직 아들에게는 지지 않으려고 했는데…… 이서 나도 은퇴인가! 하하하!"

"엥? 진다니 뭐가?!"

"그야 아들이 터무니없는 미인을 데려와서 얘가 내 여자라고 말하러 왔잖냐. 어째서인지 남자로서 패배감 같은 게……."

"여보."

"아니, 당신도 이해하지 않아? 처음에는 힐끔 봤을 뿐이라 잘 몰랐는데, 이거 내 상상을 100배나 뛰어넘을 정도로 터무니없는—."

"여보?"

"……네."

엄마의 굉장히 차가운 목소리가 거실에 울렸다.

아, 이거 진짜로 화냈을 때의 반응이다.

"단순하게 천박한 언동이기도 하지만, 아들의 파트너에게 해야 할 발언이 아니에요. 대단히 실례예요."

"이, 이 정도는 사회에서도 일반적으로……!"

"그건 당신의 견해가 잘못된 거죠."

"네, 네에."

단언하자, 아버지는 시무룩하게 고개를 숙였다.

"아코와 히데키에게 사과하고, 두 번 다시 하지 않겠다고 약속해주세요."

"아…… 어어…… 배려가 부족한 천박한 발언을 해서 죄송합니다. 이런 발언은 두 번 다시 하지 않겠으므로 아무쪼록 용서해주세요……."

아버지의 진지한 사과! 보고 싶지 않았어!

보고 싶지 않았지만 미안, 은근히 익숙해!

"무, 물론이죠! 저기, 제대로 마음을 써주셔서 칭찬해주신 건 알고 있으니까요!"

"아니아니, 빈말이 아니라 우리 히데키에게는 아까울 정도로 기량이……."

"여보?"

"히데키와 사이좋게 지내주십시오."

"네, 네에."

약하다. 못 이겨.

되는대로 말하는 아버지와 지나치게 딱딱한 엄마.

반면교사밖에 없던 결과, 나도 미즈키도 이런 식으로 자랐습니다.

"어머님, 화나면 무서우시네요."

옆에서 아코가 살며시 말했다.

"아니, 화내고 있긴 하지만 저건 아직 초기 단계야."

"후엣?!"

"엄마가 정말로 화났을 때는, 대처하기 위해 분노의 세분화가 이루어진다고 해."

애매한 감정인 상태에서는 처리할 수 없으니까, 우선은 『똑같은 일이 또 이루어지지 않을까』 하는 불안감이 분리되어서 앞선 말이 나온 거다.

그래서 나나 미즈키가 혼날 때도 두 번 다시 하지 않겠다고 약속하는 게 스타트 지점이다. 거기서 다시 나쁜 일을 저지른 것에 대한 설교가 이어진다.

따라서.

"이후에 다시, 그야말로 괴로운 설교가 아버지를 덮칠 거야."

"그렇게 심각한 일이……!"

"아니, 저건 화를 내야지."

내게도 아코에게도, 무엇보다 엄마에게도 실례였다.

그야 아코가 나에게는 어울리지 않을 만큼 귀여운 건 확실하지만.

그래도 만약 내가 같은 입장이었을 때 아코가 옆에 있다면 그런 말은 하지 않는다. 왜냐하면 아코에게 실례니까. 아코가 옆에 있어준다면 어떤 여친을 데려와도 질투하지는 않는다—고 생각한다. 아마도.

"정말로, 당신의 교육은 언제가 되어야 끝날지……."

"……왠지 아빠, 바람 같은 거 피우지 않나 불안할지도……."

엄마는 어이없다는 표정을 짓고, 미즈키는 무척이나 꺼림칙한 듯이 말했다.

"미즈키?! 아빠는 엄마 외길이니까 바람 같은 건 터무니없는 소리야!"

"도저히 그렇게는 안 보이는걸."

"그거야 아들의 여친이라서 마음이 편했으니까!"

두 사람에게서 질책이 날아오자 아버지는 필사적으로 변명했다.

전부터 이런 모습을 봐왔으니까, 참 한심하다는 마음이 들기는 하지만…… 어째서일까. 지금은 나도 조심해야겠다는 수수께끼의 위기감이 들었다.

원래는 조금 더 길게, 뭣하면 같이 저녁 식사라도 할 생각이었다. 하지만 아버지가 실례를 저질렀으니, 그를 교육하는 게 먼저라는 엄마의 판단으로 해산하게 되었다.

나도 찬성이었기에 전혀 문제없습니다.

"시, 실례 많았습니다~."

"휘청거리고 있는데, 괜찮아?"

익숙하지 않은 남자와 이야기를 나눠서 그런지 아코의 체력도 한계 같다.

"그럼 나도 아코를 바래다주고 올게."

"조심하렴. 여러모로 미안해, 아코."

현관 앞에서 엄마가 고개를 꾸벅 숙였다.

이어서 아버지도 말했다.

"또 언제든 놀러 와라. 뭐, 딱히 나나 애들 엄마가 없을 때라도 괜찮으니까."

"……여보?"

"여보?! 지금 발언은 평범하다고 생각하는데?!"

"꼬, 꼭 다시 찾아올게요!"

아코가 필사적으로 커버했다.

그녀가 커버를 해야 한다니…….

우리 바보 아버지가 정말로 미안…… 미안…….

"하아…… 무사히 끝났어요! 이걸로 메인 퀘스트도 무사히 진행되겠네요!"

돌아가는 길, 진심으로 안심한 듯이 숨을 내쉰 아코에게 나는 사과할 수밖에 없었다.

"정말로 미안했어……."

"괜찮아요! 대화가 끊이지 않는 아버님이라 오히려 살았어요!"

"아버지의 유일한 장점이니까!"

무언이 되어서 곤란한 일이 적다.

반대로 말하면, 시끄럽습니다.

"단지…… 루시안과 별로 닮지는 않았다고 생각했어요."

"그건 나도 그렇게 생각해."

게임에서 배합 같은 걸로 아이가 생길 때는 대부분 부모의 능력을 이어받던데 말이지.

"아버지의 인싸 요소, 나의 어디에 들어있는 걸까……."

"그러고 보니 저, 아빠랑 엄마를 더해서 5로 나눈 성능밖에 없는데요?"

"인간 1인분을 채우지 못하고 있는데."

충분히 채우고 있어. 걱정할 것 없다고.

실제로 아버지와 나는 안 닮았고, 외모도 잘 보면 닮았다는 정도밖에 안 되지만—.

"아~, 그래도 미즈키는 가끔, 조심하지 않으면 오빠는 아빠처럼 되어버리는걸, 이라는 말을 하더라."

"될까요?"

"안 될 것 같은데 말이지."

우리 집의 경박한 천하태평 바보 역할을 혼자 담당하고 있는 아버지가 될 수는 없겠지.

"단지, 풋워크가 가벼운 것하고 커뮤력이 엄청 높은 건 굉장하다고 생각해. 그건 좀 닮았으면 좋았을 텐데."

"그러게요. 초대면인데 무척 가깝고 친근하게 대해주셔서……."

거기까지 말한 아코는 조금 하이라이트가 꺼진 눈동자로 말했다.

"조금…… 지쳤어요……."

"미안해에에에! 저어엉말로 미안!"

아코는 사실 어딜 봐도 아버지보다는 엄마 쪽하고 상성이 좋단 말이지.

"그래도 루시안은 저희 부모님하고 사이가 좋은데, 저만 이런……."

"이렇게 말하면 미안하지만, 우리 집의 별난 부모님하고 비교하면 그쪽 두 분은 굉장히 지내기 쉽거든?!"

아코의 어머니는 완전히 사위 대우를 하고 있고, 댄디한 아버지는 딸에게 붙은 나쁜 벌레에게는 과분할 정도로 친절하시다.

아코의 아버지, 사랑이 무거운 아내에게 대처하는 법 강좌를 가끔 해주신다고.

"오히려 나는 아코 쪽에서 저런 부모님은 조금 아니라며 거절하지 않을까 불안했는데."

"아뇨아뇨아뇨, 제대로 찬성해 주셨으니까요!"

아코는 터무니없다며 고개를 내저었다.
그러나 그 후, 조금 기억을 돌이켜보는 표정을 지었다.
"단지, 저기…… 루시안의 말대로, 애들 취급이라고 할까, 진지한 인사라고 생각하시지는 않는 것 같았어요……."
"그건 그렇지. 말했잖아. 고등학생 아들이 여친을 데려와서 그대로 결혼한다고는 생각하지 않는 사람이라고."
나도 그런 사례는 있을 수 없다고 생각하니까.
아버지가 진심으로 아코와 마주 볼 필요는 없고, 그런 진지한 부모님이 오히려 민폐다.
"역시 시간을 들여서, 천천히 설명해드렸어야 했어요……."
"그만둬 그만둬."
아무리 말해도 웃어넘길 거니까.
단지, 솔직히 조금은 내게도 생각하는 바가 있다.
"그래도 말이지. 내가 말하기는 좀 부끄럽지만, 나도 진지하게 아코와 친하게 지낼 생각이야. 장래에 대한 건 자신감을 갖고 말할 수 없지만, 가능하면 오래도록 함께 있고 싶다고 생각하니까."
"네. 언제나 함께 있을 테니까요!"
언제나 함께라고 말할 각오는 아직 없긴 하지만 말이지?!
뭐, 나도 그런 마음인데 고등학생끼리의 교제라면서 대충 흘려버리면, 기분이 좀 그렇지.
"아버지한테 진지한 마음이 없는 거, 왠지 좀 싫긴 하네."

"같이 인정받아요!"

"메인 퀘스트에 나를 끌어들이기 시작했구나?!"

나와 아코의 인생 메인 퀘스트. 다음 진행은 아버지에게 인정받는 것— 그렇게 생각하니 조금 어렵네.

진지하기에 반대했던 엄마보다도, 진심으로 받아들이지 않으니까 찬성한 아버지가 더 성가신 것 같다.

"그래도, 저기…… 조금은 안심했어요."

문득 아코가 살짝 한숨을 내쉬며 말했다.

"루시안에게 이런 생각을 하면 실례라고 생각하지만……."

"어, 이제 와서 그렇게 사양할 문제가 있었나?"

아코는 내 가슴 부근에 시선을 보내고는, 확인하는 말투로 말했다.

"저기…… 루시안도 아버님과 똑같은 생각을 하지 않나, 걱정했었거든요."

"똑같……다니?"

"아직 학생이니까, 본심이 아니고 언제든 헤어져도 좋다거나…… 그런 식으로—."

"전혀 그렇게 생각하지 않아. 말도 안 돼. 단연코 NO."

무슨 내용인지 받아들인 순간, 입 밖으로 말이 튀어나왔다.

그럴 리가 있냐. 말도 안 되지. 이 망할 아버지, 쓸데없는 소리를 해서 아코를 불안하게 만들다니 용서할 수 없어.

노 타임으로 대답이 날아와서 안심했는지, 아코는 헤실헤실 미소로 돌아왔다.

“그렇죠? 죄송해요. 그러니까 루시안도 화내줘서 조금 기뻤어요.”

“괜찮아. 나는 아코에게 버림받을 때까지 언제나 함께 있을 테니까.”

“저도 루시안에게 미움받을 때까지 언제나 함께 있을게요!”

아코는 서쪽으로 저무는 햇살 안에서 아련하게 반짝이는 미소를 지었다.

“그럼 우리, 언제나 함께 있는 거네요.”

“그러게…… 아니, 아코. 그런 소리를 용케 진지하게 하네.”

“말하죠! 몇 번이라도 말할 거예요! 함께예요!”

“달라붙지 마~!”

아코와 걸어가면서, 왠지 가슴속에서 근질근질한 감각이 들었다.

거짓말은 하지 않았다. 놀이라든가, 헤어진다든가, 그런 마음은 전혀 없다.

그러나 내가 한 말 어딘가에서 스스로는 깨닫지 못한 잘못이 있는 듯한, 그런 느낌이 들었다.

던전에 가는 도중에 장비 한두 개를 잊고 온 것을 깨닫기 시작하는, 그 감각이다.

약간의 위화감을 남긴 채, 아코를 역까지 바래다주고 귀가했다.

"어서 와라. 이별의 뽀뽀는 했냐?"

돌아오자, 완전히 평소 그대로인 아버지가 기다리고 있었다. 이 녀석, 용서할 수 없어.

"안 했거든. 역 앞이라고. 그보다 아버지, 엄마의 설교는? 빨리 받고 와."

"밤에 시간을 가진다는 말을 들었다고. 떠올리게 하지 마."

"엄청 진지하네, 엄마……."

엄마의 머릿속에서는 치밀한 설교 대본이 만들어지고 있겠지.

밤에 죽는다면, 일단 지금은 넘어가 줄 수 있을 것 같다.

"그런데 히데키? 아까 그, 여친 이야기 말인데."

"뭐야, 또 집적거릴 셈이야?"

"그게 아니야."

소파에 앉은 아버지는 나를 슬쩍 불렀다.

뭐야뭐야, 설마 아버지한테 설교를 듣는 건가.

"갑자기 진지한 표정으로 왜 그래?"

"너 말이다, 히데키. 조금 불합리하지 않냐?"

"엥?"

불합리? 갑자기 무슨 소리를?

"내 아들 주제에 그런 귀여운 애를 데리고 다니다니, 이 세상은 잘못된 게 아닐까?"

"터무니없는 소리를 하잖아?!"

"히데키. 처음 사귄 여자가 저 아이니까 모르는 것 같구나. 얼굴만으로도 저렇게 귀여운 애는 거의 없을 텐데, 거기다 그런 스타일이라고? 저런 애는 만에 하나라도 사귈 수 있는 상대가 아니야."

"그런 말을 하면 또 엄마한테 혼난다고."

"그러니까 몰래 하는 거 아니냐! 하하하!"

"몰래 하면 된다는 게 아니야!"

역시 반성하지 않고 있잖아!

하지만…… 그래도, 아버지의 마음은 이해한다.

"나도 일단 알고는 있다고. 외견은 나하고 어울릴 레벨이 아니라는 거."

알맹이는 문제투성이지만!

그런 나에게, 아버지는 어딘가 미안한 듯이 말했다.

"착각하지 마. 너는 자랑스러운 아들이야. 여동생도 잘 돌봐주고, 집을 자주 비우는 우리에게 불만도 내비치지 않잖냐. 나쁜 일도 하지 않고, 남에게 폐도 끼치지 않아. 잘 자란 장남이지."

"갑자기 그렇게 칭찬해도 말이지."

"뭐, 들어봐. 자랑스러운 아들이지만, 그래도 그 아이는 말이지……."

조금 불리하다고, 라며 쓴웃음을 지었다.

"히데키. 이건 인생 선배로서 해주는 어드바이스인데."

아버지는 진지한 말을 억지로 밝게 얼버무리는 듯한 뒤죽박죽인 음색으로 말했다.

"차이더라도 너무 마음에 두지 마라. 그런 아이와 사귄 것만으로도 충분히 좋은 경험이야."

"……."

"그 아이는 조금 사정이 있는 아이겠지? 지금은 조금 시야가 좁은 모양이지만, 그게 나아지면 이런저런 일이 있을 거고, 성장하면 취향도 바뀌는 법이야. 진학하면 어떻게 될지 몰라."

"그건…… 응……."

이 천하태평인 아버지는, 내가 아코에게 차인 뒤의 일을 걱정해주고 있는 모양이다.

아들에게 어차피 차일 거라고 말하는 것도 심한 이야기고, 아코에 대해 아무것도 모르면서 오늘 본 인상만으로 참 잘도 단정 짓는다는 생각도 든다.

우리의 관계를 진심으로 보지도 않으면서 헤어지는 것만 걱정하다니. 재수 없는 소리다, 실례다, 그렇게 화내면 된다. 그러면 되지만.

"너무 몰입하지는 마라. 아직 인생은 길어. 아버지의 고마우신 조언이라고."

"……알았어."

웬일로 진지하게 해주는 이 말이, 나를 진심으로 걱정하기 때문이라는 걸 알고 있으니까, 화낼 마음은 들지 않았다.

아코에게 집착하며 인생의 길을 잘못 내디디지 마라.

어울리지 않는 내가 언젠가 버려지더라도, 그래도 인생은 이어진다. 아버지는 그런 말을 하고 싶은 거겠지. ……그래, 아버지도 이렇게 생각하는 건가.

"……나하고 아버지는 별로 안 닮았네."

"뭐냐, 갑자기. 목소리나 발 모양은 똑같잖냐. 갓난아기 시절의 얼굴도 무척 닮았었는데?"

"아니, 그런 부분적인 건 닮았지만, 전체적으로는 다르잖아…… 다르다고 생각했었는데."

한숨을 내쉬고 아버지와 눈을 마주 봤다.

"결국은 똑같은 생각을 하는구나. 역시 부자 관계인가."

"아아, 뭐…… 각오하고 사귀고 있다면 됐다."

아버지는 조금 미안한 듯이 말했다.

"좀 더 좋은 남자의 핏줄이었다면 이런 고생은 하지 않았을 텐데 말이지. 미안하다."

"그런 기대는 한 적 없어."

나도 마음속으로는 줄곧 무서웠다.

아코가 언젠가 내게서 멀어지지 않을까. 나보다 더 근사한 누군가가 데리고 가지 않을까.

요전에도 아코에게 버림받을 때까지는 함께라는 말을 했다.

그때는 그럴 생각이었지만— 그건 아니다.

아까 느꼈던 위화감대로, 역시 나는 잘못되어 있었다.

"하지만, 아버지. 아무리 어울리지 않더라도 차일 생각은 없어. 아코와 함께 살아가는 게 나의 인생 메인 퀘스트야."

어울리지 않는다는 건 안다.

알고 있어도 양보할 수 없다. 그러니 어쩔 수 없다.

"나는 죽을힘을 다해 아코를 붙들어 맬 거야. 내가 그 녀석을 누구보다 행복하게 해주겠어. 그리고 아버지에게, 아까 그 발언을 사과하게 할 거야."

기억해두라고, 그렇게 말하며 주먹을 겨눴다.

지금까지는 아코가 결혼했다, 부부다, 그런 말을 해왔다. 그런 어처구니없는 말을 모두가 진지하게 받아들였는지라, 나도 필사적으로 부정했다.

그렇지만, 전혀 진심으로 받아들이지 않고 고등학생 연인이니 어차피 헤어질 거라는 말을 들으니까― 그건 그것대로 납득이 안 간다.

오히려 꼭 돌아보게 해주겠다는, 그런 마음이 넘쳐난다.

"……그러냐."

아버지는 씨익 웃고는 내 등을 짜악 때렸다.

"그야 그렇지. 그런 귀여운 애를 바로 잊어버릴 수 있겠냐! 와하하!"

"웃지 말라고, 젠장. 그보다 아파!"

"뭐, 그게 언제까지 이어질지 지켜봐 주마. 차이면 술이라도 마시자고! 와하하!"

"나는 아직 못 마시거든! 오히려 차이지 않게 도와달라고!"

"오, 아버지가 뭘 도와줄까? 연애 상담이라면 이 큐피드 에이짱이라 불린 아버지에게 맡기라고."

그 큐피드 에이짱에게 차인다는 말을 들은 내 마음을 좀 생각해봐.

그보다, 부탁하고 싶은 건 그런 게 아니라.

"용돈만 줘. 그 있잖아, 데이트비라든가."

"그건 엄마랑 상담해라. 아버지의 용돈으론 무리."

"미덥지 못하네!"

그럼, 하고 적당히 이야기를 접고 방으로 돌아왔다.

아코와 친해지려면 게임에 집중하는 게 최고고, 지금부터 신살팀이 고른 선택지로 진행해야 하니까.

컴퓨터를 켜서 로그인해보니.

◆아코 : 아, 루시안 루시안! 마침 잘 왔어요!

들어가자 바로 아코가 말을 걸어왔다.

◆루시안 : 왜 그래 왜 그래, 어디 나가려고?

◆아코 : 아니에요, 그게 아니고요. 방금 엄마가 그러는데요.

엄마가, 라는 말을 들은 순간 불길한 예감이.

◆아코 : 정월에 루시안을 불러서 같이 신년회를 하자는 말을 하더라고요.

◆루시안 : 뭐어어어엇?!

그 무서운 이벤트는 뭐야?!

나를 타마키 가에 불러서 같이 정월을 보내자고? 완전히 가족 취급이잖아!

◆아코 : 엄마도 아빠도 굉장히 내키는 마음이던데, 오지 않을래요?

◆루시안 : 참 편하게 말하네, 아코…….

◆아코 : 그야 루시안이 있으면 기쁘니까요!

에에잇, 아코는 너무 가볍게 권유한단 말이야.

정월부터 인사라니, 정말로 가족의 일원이라는 느낌이 들잖아.

그런 짓을 했다가는 정말로 기정사실이—.

◆루시안 : ……야, 아코. 잠깐 생각해봤는데.

◆아코 : 네?

◆루시안 : 그거, 나만이 아니라 우리 엄마나 아버지, 미즈키도 함께면 안 되냐?

◆아코 : 루시안의 가족도……?

순간 고민한 뒤, 아코는 머리 위에 딩동 하고 전구를 켰다.

◆아코 : 그렇군요! 제대로 가족 모두가 인사를 하면, 아버님도 진지하게 받아들여 주시겠네요!

◆루시안 : 그런 거지! 오늘처럼 대충 인사만 해서는 미안하잖아. 아버지도 확실히 정장 입고, 진지하게 아코와, 아코

의 부모님에게 인사를 시키자!

◆아코 : 해봐요! 꼭꼭!

아코는 머리 위에 하트 감정표현을 띄우면서 희희낙락 말했다.

◆아코 : 양가가 정식으로 인사라니, 거의 납채(納采)네요! LA에서는 할 수 없었으니까 기뻐요!

◆루시안 : 그런 의미로 하는 게 아니거든?!

제대로 인사할 뿐이지, 결혼이 아니라고!

애초에 납채가 뭘 하는 건지도 잘 모르고!

◆루시안 : 조, 좋아. 아무튼 우리의 메인 퀘스트, 아버지 공략 작전, 개시다!

◆아코 : 오~!

달아오르는 그랜드 퀘스트 뒤에서, 우리의 인생 메인 퀘스트가 움직였다.

And you thought there is Never a girl online?

# 4장
# "반드시예요. 무조건이에요. 수단은 가리지 않아요."

예정 단계에서는 완벽했다.

그런데 실행할 때는 전혀 잘 풀리지 않는다.

그런 일은 게임에서도 현실에서도 자주 있는 일이다.

단지, 중요할 때 그게 일어나게 되면 곤란하단 말이지.

◆아코 : 어떻게 해야 할까요…….

◆루시안 : 미안…… 우리 집 천하태평 바보 때문이야…….

이제는 모두에게 비밀로 할 때가 아니다. 그것이 나와 아코의 공통 견해였다.

이야기해서 어떻게 되는 문제는 아니지만, 적어도 우리의 참상을 들어달라고 모두에게 부탁했다.

◆슈바인 : 니시무라네 아버지에게 인사? 둘이서 그런 이벤트를 했었어?

◆애플리코트 : 게다가 정월에는 양가가 신년회라. 큰일 아닌가.

◆아코 : 아버님에게 꼭 제대로 된 인사를 드리고 싶어서…….

◆루시안 : 우리는 진지하다는 걸 제대로 알아줬으면 해서…….

나와 아코는 게임도 제대로 하면서 노력했다.

각자 부모님에게 이야기해서, 새해가 오면 모여서 신년회를 하자는 이벤트의 동의도 받았다.

거기까지는 좋았다. 성공은 틀림없다고 생각했다.

그러나, 문제는 거기서부터였다.

◆루시안 : 우리 아버지가 전혀 진지하게 받아들이지 않아서…….

신년회는 정장 집고 진지하게 인사하라고 말한 나에게, 아버지는 이렇게 말했다.

『아코네 가족과 신년회? 오, 좋잖냐! 아버지는 말이지, 아이들이랑 함께 가족끼리 어울리는 것에 익숙하거든!』

『……뭐? 정장? 인사? 결혼하는 것도 아닌데 그렇게까지 진지하게 할 건 없잖아. 선물은 확실히 가져갈 테니까! 와하하!』

뭐, 그렇겠지!

이쪽이 아무리 진지하게 계획해도, 애들 일이겠지. 젠장할!

◆루시안 : 우리는 어떻게 하지…….

◆아코 : 제대로 인사하고 싶어요오.

어떻게 하지, 도와줘. 우리는 그런 마음을 담아 상담해봤다.

그러나 평소에는 믿음직한 마스터도 곤혹스러운 모양이었다.

◆애플리코트 : 으으음, 너희가 진지한 교제…… 교제? 를 하고 있다는 건 잘 알지만, 부모님 쪽에서 보면 고등학생의 연애다. 대응으로 보면 타당하긴 하지.

◆세테 : 어쩔 수 없는 것 같기도 하고~.

◆루시안 : 두 사람도 그렇게 생각하나…….

믿음직한 두 사람이라도 무리인 건 무리인 모양이다.

◆슈바인 : 그럼 그만두면 되잖아. 중지야 중지. 개최해봤자 의미가 없으니까 할 필요 없다고.

슈의 말도 지당하다.

평소의 나였다면 이런 건 아직 이르고, 가족끼리의 교제라니 무거우니까 역시 그만두자고 말했을 거다.

◆루시안 : 하지만, 나도 좀 생각하는 게 있어서…….

어떻게든 아버지가 우리의 마음을 알아주기를 바란다.

걱정해주고 있으니까, 안심해. 괜찮아. 그런 걸 전하고 싶다.

게다가, 어차피 헤어진다고 말하던 아버지에게 우리가 얼마나 잘 지내고 있는지를 보여주고 싶다는 마음도 있다.

그야 나도 아코하고는 외견 레벨이 어울리지 않는다고 생각한다. 그래도 아버지가 모르는 부분에서 그쪽 부모님과 이러쿵저러쿵하다 친해졌고, 오래 지내는 사이가 될 수 있도록 노력하고 있다고.

—어라? 아코가 나의 바깥 해자를 메우고 있었을 텐데, 나도 나대로 아코 쪽을 공략하고 있던 게 아닐까? 내 기분 탓인가?

◆아코 : 저도 가능하다면 루시안의 부모님과는 친하게 지내고 싶어요. 인생 메인 퀘스트, 클리어하고 싶어요.

◆미캉 : 인생…… 퀘스트……?

아코의 엉뚱한 사고에 아직 익숙하지 않은 미캉이 어리둥절하고 있다.

얘가 하는 말은 절반 정도만 들어두세요.

◆애플리코트 : 그럼 개최해야지. 그 자리의 분위기로 어떻게든 진지하게 인사를 마치는 거다.

◆루시안 : 가능할 것 같지 않아!

◆아코 : 그런 대화 스킬은 없어요오!

◆세테 : 그럼 평범한 식사회를 하는 건?

◆아코 : 그런 괴로운 이벤트는 싫어요오!

◆루시안 : 어른들이 우리를 대화 소재로 써서 술을 마실 뿐인 이벤트잖아! 지옥이냐!

◆슈바인 : 귀찮네. 확실히 정해. 중지라면 중지, 밑져야 본전으로 해보겠다면 하고, 마음대로 하면 되잖아!

◆아코 : 그치마아아아아아아안!

간단히 정할 수 있었다면 고생하지 않는다고!

내가 좀 더 커뮤력이 뛰어나고 꽃미남이고 자신감이 넘쳤다면 고생은— 아니, 그런 건 내가 아니지. 그리고 그런 나였다면 아코에게 미움받았을 거다.

◆애플리코트 : 애초에 인사 시점에서 왜 우리에게 상담하지 않은 거냐?

◆세테 : 어머니 때는 모두가 협력했었는데.

◆루시안 : 저번에 인사할 필요가 있나 없나 다퉜으니까 말

하는 게 좀 주저됐어.

◆세테 : 그걸 신경 쓰고 있었어?!

그치만 노골적으로 다퉜었잖아.

팀으로 싸우고 있기도 해서 말하기 힘들기도 했다.

◆아코 : 슈가 인사 같은 건 필요 없어! 라고 말해서요.

◆슈바인 : 그야 필요 없잖아. 정월은 몇 안 되는 가족끼리의 시간이잖아? 외부인이 방해하는 건 좀 아니야.

슈는 어디까지나 부정파에 섰다.

이렇게 완고한 거, 왠지 드문데.

◆세테 : 왜 그렇게 고집하는 거야?

세테 씨가 의아한 듯이 ? 마크를 띄우며 물었다.

◆세테 : 평소라면 마음대로 하라고 할 텐데, 무슨 일 있어?

◆슈바인 : 딱히 아무 일도 없어.

◆세테 : 그래도 꽤 예전부터 뭔가 있다는 표정이던데~?

◆슈바인 : 너 언제부터 그런 생각 하고 있었어!

알면서도 내버려 두고 있었던 거냐!

그러나 세테 씨의 말을 들어보면, 역시 슈한테도 무슨 일이 있는 건가?

그런 시선이 전원에게 쏟아졌다.

◆슈바인 : 딱히 내 의견하고는 아무 관계도 없지만.

시선을 견디다 못한 슈가 더듬더듬 채팅을 적었다.

◆슈바인 : 새해에, 집을 나갔던 오빠가 얼굴 내밀러 돌아

오거든.

◆아코 : 네. 정월이니까요.

◆슈바인 : 그때 뭐랬지? 여친? 같은 걸?

◆슈바인 : 데려온다? 는 이야기가? 있는? 모양? 이더라고.

◆미캉 : 물음표 많네요.

대, 대략적인 사정은 알았지만, 대체 얼마나 인정하고 싶지 않은 거야. 채팅이 ? 마크로 범벅이 됐잖아.

◆슈바인 : 그리고, 결혼 생각하고 있으니까? 인사를 하고 싶다? 는 이야기가 나온 거야. 말도 안 되잖아?

슈바인은 분노 마크를 풀풀 내뿜으면서 외쳤다.

◆슈바인 : 이해할 수 없지 않아? 인사하고 싶으면 다른 때에 해도 되잖아. 몇 안 되는 가족끼리의 시간을 방해할 필요가 있어?

이러쿵저러쿵 말하고 있지만, 그건 요컨대.

◆루시안 : 혹시 오빠의 약혼자가 오니까 질투심을 불태우고 있다, 그런 거야?

◆슈바인 : 뭐어?! 그럴 리가 없잖아?!

◆세테 : 아카네 귀여워어어어어!

◆슈바인 : 게임에서 이름 부르지 마.

머리 위에 하트 마크를 띄운 세테 씨가 끌어안았다. 끌어안는 커맨드 같은 건 없어서 어찌어찌 그런 식으로 보이고 있을 뿐이지만.

◆슈바인 : 아무튼, 나는 교제 인사라든가 친척에게 소개라든가, 그런 건 필요 없다고 생각해! 이상!

엄청 사적인 감정이었다.

그러나 곤란하게도 그 마음이 이해가 갔다.

◆루시안 : 새해에 미즈키의 남친이 찾아온다는 이야기가 나온다면, 하필이면 이럴 때 오지 말라면서 화낼 것 같아.

◆슈바인 : 그렇지?! 이해하지?!

◆세테 : 이해하면 안 되지! 나는 동생의 여친 굉장히 보고 싶은데?!

◆슈바인 : 그렇게 집적대니까 싫어하는 거잖아.

◆세테 : 반항기일 뿐인걸! 싫어하는 거 아닌걸!

아, 너무 집적대서 미움받은 건가. 세테 씨.

이런 하이스펙 누나가 있으면 힘들 것 같으니까 그 마음은 이해할 수 있을 것 같다.

◆애플리코트 : 세이쥬로를 생각하면 그 괴로움도 이해는 가지만…… 그래도 친척과의 관계는 중요하다. 만나는 사람마다 세이쥬로는 큰 인물이 될 거라며 보장을 해주시거든.

◆슈바인 : 댁은 동생을 자랑하고 싶을 뿐이잖아.

◆애플리코트 : 문제라도 있나!

마스터가 전력으로 주장했다. 꺾이지 않는 사람이다.

◆미캉 : 친척과의 관계, 필요 없어요.

미캉도 그런 말을 꺼냈다.

◆아코 : 미캉에게도 뭔가 있나요?

◆미캉 : 정월에 만나는 친척, 모두가 말하니까요. 안 자란다고.

◆아코 : 앗…….

◆미캉 : 빈말이라도 많이 컸다고 말해줘야 할 텐데. 배려심이 없어요.

◆루시안 : 그건 저기…… 딱하게 됐네…….

현실의 미캉— 후타바는 미즈키와 경쟁할 만큼 조그마니까.

◆미캉 : 세뱃돈만 놔두고, 고 홈.

◆슈바인 : 이해해.

◆세테 : 정월 모임은 귀찮지만…… 역시 가족끼리는 사이 좋게 지내야지.

◆애플리코트 : 가족 중에서도 맞지 않는 상대는 있겠지만, 선입관으로 부정할 필요는 없겠지. 우선은 친해지려는 노력은 하고 볼 일이다.

으~음. 평행선이다.

들어본 이후에도 우리의 고민은 전혀 해소되지 않았다.

◆루시안 : 다들 의견이 안 맞는 건가…… 우리는 어떻게 하지.

◆아코 : 곤란하네요.

고민하는 우리를 본 세테가 문득 말했다.

◆세테 : 아까 말했지만, 확실히 메인 퀘스트하고 똑같은 느낌이네.

◆슈바인 : 메인퀘랑? 뭐가 똑같은데?

◆세테 : 그야, 팀 분배라든가.

◆슈바인 : 아아…… 뭐, 그러네.

확실히 그럴지도. 친척과의 교제는 싫다는 마왕팀, 가족끼리 사이좋게 지내야 한다는 신살팀, 애매모호한 인간팀, 똑같이 갈렸다.

지금의 정신 상태가 영향을 줘서 팀이 갈린 거라면, 이렇게 나뉜 것도 당연하다고 할 수 있을지도 모른다.

◆애플리코트 : 그럼 슈바인, 만약 마왕 루트로 들어가지 않는다면 깨끗하게 새언니와 인사하는 게 어떠냐?

◆루시안 : 그 불합리한 내기는 뭐야!

현실하고는 전혀 상관없잖아!

그런 막무가내 말을 들은 슈의 반응은 이랬다.

◆슈바인 : 새언니라고 하지 마. 아직 전혀 언니 아니거든.

짜증난다는 듯이 말하기는 했지만, 오히려 도발적인 미소를 지었다.

◆슈바인 : 그래도, 좋아. 바라던 바야. 마왕팀이 생각한 엔딩이 아니라면 하겠어.

◆세테 : 괜찮은 거야?!

◆슈바인 : 원래부터 승부치고는 거는 게 없다 싶었다고. 나는 안 질 거니까 문제없어.

드래곤 나이트는 씨익 웃으며 가슴을 폈다.

그런 걸로 정해도 되는 거냐, 슈. 내심으로는 제대로 인사해야겠다고 생각하고 있던 거 아냐?

◆슈바인 : 그냥 아코도 루시안도, 메인 퀘스트를 참고로 해서 정하는 게 낫지 않아? 우리가 이기면 신년회는 안 한다. 마스터가 이기면 한다. 너희가 이기면 적당히 도망친다!

◆아코 : 싫어요오!

◆루시안 : 제대로 생각해서 정할 거야!

◆슈바인 : 성실하기는.

◆세테 : 그, 그게 평범하다고 생각하는데?

세테 씨가 땀을 흘리며 말했다.

쓸데없이 무거운 짐이 메인 퀘스트, 엔딩 승부에 걸리고 말았다.

이렇게 되면 우리도 메인 퀘스트의 결과를 조금은 참고하기로 할까.

아무튼 다음은 신살팀의 선택지다. 현실도 중요하지만 게임도 중요하다.

슬슬 후반에 접어들고 있는 느낌이니까, 게임도 성실하게 해야겠지.

◆루시안 : 그런데 어느 퀘스트로 진행할 거야?

◆애플리코트 : 우리가 고른 건 이거다!

◆세테 : 가자, 신이 없는 레전더리 에이지!

# 라스트 에피소드 : 진실의 선택
## (신살팀 애플리코트&세테 선택)

마왕 신봉자의 주선으로 마왕군 간부 마르코시아스와 만나게 된 모험가.
그 자리에 갑자기 나타난 마왕 고아보로스는 신이야말로 세계를 멸망으로 이끄는 원흉이라고 말했다.
마왕의 말이 진실인지 알기 위해, 모험가들은 신이 거하는 사이레인 신성왕성으로 향한다.
그러나 사이레인 신성왕성은 이미 로드스톤 제국군에게 포위되어 있었다.
방어하고자 버티는 사이레인, 함락시키고자 진을 편 로드스톤.
사이레인은 마을 전체의 입구를 봉쇄했고, 모험가는 교회에 들어가지 못하게 되었다.

그럼에도 신과 대면하기 위해, 모험가는 신관 카프라이와 접촉한다.

◆**카프라이** : 너인가…… 그렇군. 이것도 신의 뜻인가.

◆**카프라이** : 고아보로스와의 싸움을 기억하나? 그때, 나의 결계마법은 명확하게 힘을 잃었지.

◆**카프라이** : 그러나 나의 신앙에는 한 점의 흐림도 없다. 그렇다면 주의 의지라고밖에 생각할 수 없어.

교회에 배척당하고 있는 카프라이.
그도 신의 진실을 알기 위해 독자적으로 행동하고 있었다.

◆**카프라이** : 나는 신의 의지를 직접 묻기 위해 신과 직접 대화할 수 있는 비보, 영천의 천칭을 찾아냈다.

◆카프라이 : 부디 나를 신전까지 데려가다오.

**■라스트 에피소드 를 진실의 선택 으로 진행하시겠습니까?**
**■진행한 경우, 다른 선택지는 소멸합니다.**

**■라스트 에피소드 : 진실의 선택 으로 진행합니다.**

◆카프라이 : 도와주는 건가…… 고맙다. 모험가여.

모험가는 그와 함께 신전으로 향하여 마침내 신과의 대화에 임한다.
기다리는 운명이란? 골라야 하는 선택이란?
모든 것에 결말을 낼 때가 가깝다.

◆루시안 : 으으음, 첫 목적지는 어디야?

◆애플리코트 : 사이레인 신성왕성, 대신전 안쪽이다.

◆미캉 : ……어디?

◆아코 : 애초에 안에 들어갈 수가 없잖아요오.

마을 안이 목적지라.

그러나 안에 들어갈 수 없고, 힌트로 보이는 건 하나도 없다.

우리가 전부 생각하라는 건가.

◆애플리코트 : 좋다. 우선 마을로 잠입해야겠지.

◆아코 : 우선 마을에 들어가는 법부터 하는 건가요.

◆세테 : 어떻게 할까? 제국 사람한테 상담해볼까? 싸울 때 같이 들어가자든가.

◆애플리코트 : 그게 가능하면 편하겠지만, 우리는 틀림없이 수배자일 텐데.

◆세테 : ……그, 그랬었지~.

정체가 몬스터였던 황제를 죽이기도 했고, 마을 바깥의 물자를 빼앗고 도망쳤다가 되돌려주기도 하고, 훌륭한 지명 수배범이다.

어째서 로드스톤에 들어갈 수 있는지 신기할 정도다.

◆애플리코트 : 처음부터 제국 루트로 갔다면 군과 함께 들어가는 게 가능했을지도 모르지.

◆슈바인 : 그 공주님, 히로인 같았으니까.

◆미캉 : 전부 마왕이 나빠요.

원흉인 두 사람에게는 듣고 싶지 않았다.

◆아코 : 그래도 다른 방법이 있을 거예요.

◆애플리코트 : 음, 일단 몇 가지 수단을 생각해봤다.

오오. 어떻게 들어갈 생각이지?

◆애플리코트 : 우선 첫 번째. 우리가 자랑하는 중전차, 앵그리 캣으로 저 바리케이드를 파괴한다.

◆슈바인 : 아아, 그 뜰에서 인테리어가 되어버린 그거 말이구나.

◆애플리코트 : 인테리어가 아니다. 우리가 자랑하는 중전차 앵그리 캣이다.

앵그리 캣이라면 니시무라 가 방어 때 마스터 일행이 만들었던 전차인가.

요즘에는 나설 일이 없어서 그냥 뜰의 장식으로 멀뚱히 세워져 있는 그 녀석을 이용하는 건가.

◆루시안 : 근데 앵그리 캣으로 정말로 바리케이드를 돌파할 수 있어?

내가 의심스럽다고 말하자, 마스터도 고개를 갸웃했다.

◆애플리코트 : 나도 모른다.

◆아코 : 모르는 건가요?!

◆애플리코트 : 바리케이드를 돌파하려면 전차를 써야 한다는 안일한 발상이니까.

◆슈바인 : 첫 번째부터 그냥 단순한 예상이잖아.

◆세테 : 선배도 요즘에는 은근히 느슨하네.

자유로워지고 나서 마스터는 은근히 가벼워졌다.

◆애플리코트 : 참고로 이 제안, 실행하려면 아득히 먼 곳에 있는 우리 집에서 전차를 이동시킬 필요가 있고, 성공하든 실패하든 돌려놓으러 가야 한다.

◆루시안 : 기각!

◆아코 : 귀찮아요!

◆애플리코트 : 으음. 어쩔 수 없지.

마스터는 바로 포기했다.

남아있는 전차를 쓰고 싶었던 걸까.

◆애플리코트 : 바리케이드를 돌파하고 돌진하는 전차에 로망이 있다고 생각했는데.

◆미캉 : 판처 포~.

확실하지 않으니까 그만둡시다.

◆애플리코트 : 그럼 다음 수단인가. 이쪽은 성공 자체는 가능할 거다.

◆세테 : 어떤 건데~?

◆애플리코트 : 이쪽도 역시 화려한 방법이다. 비행선에서 뛰어내리는 거다.

◆루시안 : 오호라.

과연, 비행선인가.

하늘에서 가면 지상의 바리케이드 같은 건 상관없으니까.

◆애플리코트 : 이 마을의 정박지는 쓰지 못하는 모양이지만, 공중에서 내려올 수는 있을 거다. 글라이더와 낙하산을 써서 마을로 직접 다이빙하는 거다.

◆아코 : 비행선에서 뛰어내리다니, RPG 같네요!

◆슈바인 : 명장면이 될 것 같네.

◆미캉 : 날지 못하는 돼지는 그냥 돼지.

◆슈바인 : 앙? 날거든? 화려하게 날거든?

◆세테 : 멋있겠네! 그걸로 하면 되지 않을까?

모두가 동의했지만, 마스터는 복잡한 표정으로 지팡이를 하늘로 겨눴다.

◆애플리코트 : 그러나 이것에도 문제가 있다.

◆루시안 : 그 말은?

◆애플리코트 : 비행선에서 전원이 뛰어내리기 때문에, 조종할 사람이 없어진다.

◆루시안 : 안 되잖아~!

큰 문제야!

아무도 타지 않은 배는 간단히 나포되고, 누가 쏘면 바로 격침이라고!

◆애플리코트 : 자동조종으로 돌아갈 수는 있겠지만, 공중 몬스터와 마주치면 무저항으로 격침이다. 미안하구나, 포포리 호.

◆슈바인 : 안 돼에~! 기각~!

포포리 호라는 이름의 유래인 고양이를 기르는 슈바인에게서 명확한 NO가 나왔다.

◆슈바인 : 우리 포포리를 버리지 말라고!

◆애플리코트 : 그럼 라키온 호.

◆아코 : 수리비 비싸거든요? 안 돼요!

◆애플리코트 : 돈이라면 있다! 수리비는 내가 내주마!

◆슈바인 : 그런 문제가 아니야!

◆루시안 : 돈으로 어떻게든 하려고 하지 말라고!

◆애플리코트 : 하지만 그 밖에는 딱히 아이디어가 없다만.

양자택일이냐!

조금 더 선택지를 주실 수 없을까요?!

◆루시안 : 애초에 전차도 비행선도 모든 플레이어가 가지고 있는 게 아니잖아. 그런 걸 전제로 한 퀘스트라니 이상하다고 생각하는데.

◆아코 : 맞아요. 메인 퀘스트는 레벨만 되면 누구나 클리어할 수 있을 거예요.

그러니까 다른 침입 방법이 있을 텐데…….

으~음, 하고 모두 고민에 잠겼다.

하지만 마을에 들어가는 루트는, 보통 입구로 들어가거나 전이로 날아간단 말이지.

포털 게이트를 익힌 사람에게 보내달라고 할까? 그래도 전이가 무리니까 그것도 안 될 것 같다. 퀘스트 수주자에

한정해서 인스턴스화된 맵이 준비되었을 테니까.

도보로 들어갈 다른 방법……이라.

◆아코 : 저기~.

그때, 아코가 조심조심 손을 들었다.

◆아코 : 만약 이쪽 입구가 봉쇄되어 있다면 죄송하다는 말밖에 할 수 없긴 하지만요.

그런 전제를 둔 아코가 마을에서 떨어진 초원으로 고개를 돌렸다.

◆아코 : 던전에서 들어가는 건, 안 될까요?

호란 초원 던전.

로드스톤과 교국 사이에 펼쳐진 호란 초원 구석에 존재하는 초심자용 던전이다.

지하 3층의 필드 던전으로 내부는 그리 넓지 않다.

그러나 사실 그 최심부가 사이레인 지하 묘지 2층과 이어져 있다.

던전이 내부에서 연결되어 복잡해졌다는, 초반에 만들어졌다는 이유로 생겨난 카오스가 그곳에 있다.

◆세테 : 흐응~, 처음 오는 던전이라서 전혀 몰랐어.

◆미캉 : 공략에는 적혀있지 않았, 어요.

◆루시안 : 요즘 플레이어는 올 필요가 없으니까.

실제로 여기까지 플레이어의 모습을 거의 보지 못했다.

저레벨 몬스터가 부지런히 우리를 덮쳐오는 정도다.

◆세테 : 그런데 아코, 용케 안이 이어져 있다는 걸 알고 있네?

◆아코 : 옛날에 굉장히 유행했던 던전이라서요.

덮쳐오는 박쥐나 버섯, 늑대 등의 몬스터를 적당히 털어내면서 느긋하게 말했다.

그래그래. 굳이 쓰러뜨릴 필요도 없는 잔챙이 적이지만, 옛날에는 이 녀석들을 잡고 다녔었지.

◆루시안 : 옛날에는 많이 왔었으니까.

◆슈바인 : 그래그래. 나도 알고는 있었거든? 완전히 잊어버리고 있었지만.

◆세테 : 그렇게 인기였어?

◆애플리코트 : 음. 이곳은 초기에는 매우 유행한 던전이었다. 현재는 한산하지만, 당시에는 5칸마다 사람이 앉아있었지.

◆세테 : 뭐어어?! 그런데 평범하게 싸울 수 있어?!

◆애플리코트 : 싸울 수야 있지만, 가끔 나오는 적을 조금씩 쓰러뜨릴 뿐이었던 비효율적인 캠핑 사냥이었다.

기본적으로는 앉아서 회복하다가 일어나 싸우는 캠핑 사냥.

이걸 던전을 가득 메울 정도의 인원이 하고 있었으니까, 당시의 우리는 대체 무슨 생각이었나 싶다.

◆미캉 : 즐거, 웠나요?

◆루시안 : 곤란하게도 즐거웠지.

◆아코 : 그건 좋았죠…….

기본적으로 한가하니까, 앉아있는 사람끼리 하는 대화가 즐거웠다.

난이도도 낮아서 재미있는 빌드의 캐릭터가 여기저기 있었고, 즉석 파티도 자주 만들었다.

여명기였기에 가능한 즐거움이 확실히 있었다고 생각한다.

◆애플리코트 : 만약 이 루트가 올바르다면, 운영진도 꽤 센스가 있군. 과거에 가장 유행했던 던전을 돌파해서 마지막 메인 퀘스트에 도전하는 거니까.

마스터가 전방을 가득 메운 몬스터를 플레임 차지로 일소했다.

우리는 계속해서 던전 안으로 나아갔다.

호란 초원 던전 최심부에서 더욱 앞으로.

도착한 지하 묘지 던전 2층에서 위로 올라가 1층으로.

딱히 고생하지 않고 찾아온, 사이레인 안으로 들어갈 수 있는 지하 묘지 입구.

그곳은 봉쇄되지 않았고, 평범한 워프 포인트가 존재했다.

◆애플리코트 : 이건 정답이군.

◆세테 : 아코 나이스!

◆아코 : 씨이이이익.

아코는 의기양양하게 웃었다.

◆애플리코트 : 자, 지금부터다. 마을 안에서 무슨 일이 벌어질지 모른다, 마음을 다지고 가자!

오~, 하고 워프 포인트로 뛰어들었다.

자, 이 앞에 뭐가 기다리고 있을까. 무장한 신전병인가, 아니면 제국병일까.

그리고 로딩이 끝나고 마을 맵이 열린 순간.

◆루시안 : 엥?

◆애플리코트 : 음, 이건!

잠깐, 발밑에 공격마법 마법진이 나와 있잖아!!

◆루시안 : 피해!

◆아코 : 냐우우우우우.

◆루시안 : 아코~!

반응이 늦었던 아코가 번개 광역마법을 맞았다.

다행히 위력은 그리 강하지 않았는지 자신의 힐로 회복했지만…… 지금 이건 대체 뭐지?

◆아코 : 대체 뭐가 일어난 건가요~!

◆슈바인 : 이건…… 제3차 세계대전이네.

◆루시안 : 진지한 전개잖아.

사이레인 신성왕성은 정말로 전쟁 상태였다.

우리가 던전에 있는 동안 전투가 시작됐다— 그런 설정이겠지.

거리에는 갑옷을 입은 제국병과 로브를 입은 신전병이 격렬한 전투를 펼치고 있다.

◆애플리코트 : NPC끼리의 대전쟁, 이라고……?!

◆애플리코트 : 정말 대규모로군! 역시 그랜드 퀘스트! 보기만 해도 즐길 수 있구나!

◆세테 : 그런 말할 때가 아니야~! 유탄이 날아오고 있어~!

신전병의 공격도 제국병의 공격도, 양쪽이 모두 우리에게 맞는 모양이다.

화살이나 총탄, 마법이 오가면서 던전 입구 앞도 전혀 안전하지 않았다.

◆슈바인 : 이런 꼴을 보니까, 인간이 나쁘다는 설도 신빙성이 있네.

◆미캉 : 인간 무서워.

그렇지?

역시 인간 탓이라니까. 이 참상은 그야말로 인간의 어둠이라고요.

◆아코 : 이럴 때가 아니에요. 당장 빠져나가지 않으면 또 마법이!

◆애플리코트 : 그렇지! 이 전쟁 한가운데를 빠져나가서 목적지로 가기로 하자! 나를 따르라~!

◆루시안 : 딜러가 탱커 앞을 달리지 마!

전쟁 한가운데를 필사적으로 달렸다.

이만한 규모의 연출이 들어간 맵을 인스턴스로 준비하다니, 파티나 길드로 진행하는 걸 추천할 만하다. 플레이어들이 동시에 시작했다가는 서버가 다운됐겠지.

◆아코 : 아, 저기 부대장 씨가 있어요!

◆애플리코트 : 공주도 있는 모양이다. 전선까지 와 있었군.

◆루시안 : 들키면 반대로 무서워. 무시하고 가자.

◆세테 : 스칼렛 씨도 있는데? 퀘스트 있을까?

◆슈바인 : 신전병을 100명 쓰러뜨리라거나 그런 거잖아! 무시해 무시!

◆미캉 : 마르코시아스가 힐끔 보인 듯한?

◆아코 : 무서우니까 보면 안 돼요!

지금까지 봤던 NPC가 있다는 건, 마을을 돌아다니면 이것저것 찾을 수 있을 것 같다.

그러나 여기서 여러 가지를 무시해서라도 대신전으로 직행하는 게 기분상 불타오른다.

우리는 텐션을 올리면서 전속력으로 대신전 안으로 향했다.

◆카프라이 : 이곳이 대신전에 숨겨진 제단. 강림의 문이다. 잘 안내해줬다.

목적지에 도착하자, 지금까지 함께 왔다는 설정으로 보이는 카프라이 씨가 훌쩍 나타났다.

◆애플리코트 : 여기서 신의 진실을 알 수 있는 건가.

◆세테 : 신의, 그리고 세계의 진실이네.

카프라이 씨가 손을 들자, 그 손에서 뭔가 아이템이 떠올랐다.

강한 빛 이펙트와 격렬한 SE가 흐른 그 이후.

그곳에는 밝게 빛나는 여성이 떠 있었다.

◆대신 솔라리스 : 여기까지 왔군요. 최후의 아이여.

신이 나왔다!

이런 모습이었나! 초창기부터 게임해왔는데 처음 봤어!

◆세테 : 마침내 최종보스의 등장이구나!

◆애플리코트 : 해치워야 한다.

신살팀이 살의에 눈을 뜨고 있어!

진정해! 아직 이벤트 중!

◆대신 솔라리스 : 좋습니다…… 당신의 마음에 응하여, 진실을 말씀드리죠.

채팅과 함께 무비가 흐르기 시작했다.

화면이 전환됐고, 영상과 함께 여신님의 대사가 표시되었다.

◆대신 솔라리스 : 이 세계, 요루츠가란은 원래 작디작은 세계였습니다.

글과 함께 흐르는 영상에는 게임 서비스 개시 당시의 좁은 게임 세계가 있었다.

◆대신 솔라리스 : 그러나 나는 사람의 꿈, 희망, 소망에 응하여 세계를 넓혀갔죠.

업데이트 때마다 넓어지는 맵이 무비 안에서 점점 추가되었다.

다양한 마을, 던전, 필드가 늘어난 결과, 당초의 맵보다 몇 배나 넓어진 세계. 그리고 현재 넓이까지 확대되자, 영상이 꿀렁 일그러졌다.

◆대신 솔라리스 : 하지만 한계는 있었습니다. 이 세계는 무한히 이어질 수 있는 리소스를 가지고 있지 않았죠. 세계는 개념적 한계를 맞이했습니다.

◆애플리코트 : 온라인 게임의 업데이트로 인한 세계의 확대를 메타적으로 해석해서 메인 퀘스트와 관련되게 만든 건가.

화면에는 보이지 않지만, 아마 납득한 듯이 고개를 끄덕이고 있을 듯한 마스터의 채팅이 나왔다.

그렇구나. 업뎃으로 던전이나 맵이 늘어난 걸 게임적으로는 신의 위업이라고 정해둔 건가.

◆아코 : 이거, 슬슬 업뎃이 힘들어진다는 의미일까요?

생각해도 말하면 안 됩니다.

확실히 리소스의 한계라는 건 그런 의미일지도 모르지만!

◆대신 솔라리스 : 이제 세계에 남은 여유는 없습니다. 확장하지 않고 유지하기만 해도 천천히 멸망하게 되겠죠. 하지만 그래도 좋다. 나는 그렇게 생각하고 있습니다. 사람이 바란 발전 끝에 멸망이 기다린다면, 나는 사람과 함께 그걸 받아들이겠습니다.

◆슈바인 : 뭐야 이 녀석. 엄청 빠르게 주절댄 것 같아.

◆루시안 : 신을 상대로 키배를 거는 건 그만둬.

그나저나…… 이건 어느 의미로는 인간 때문 아닐까.

그런 생각을 했을 때, 무비 안의 일그러진 세계에 커다란 암운이 드리워졌다.

◆마왕 고아보로스 : 그런 것은 짐이 인정할 수 없다!

◆티아라루주 공주 : 세계의 멸망 따위 받아들일 수는 없어요!

무비가 끝나고, 시야가 돌아왔다.

그러자 무비가 나오기 전보다 NPC가 다수 늘어났다.

한 명은 마왕 고아보로스. 그리고 다른 한 명은 티아라루주 공주.

◆마왕 고아보로스 : 이제 알았겠지, 모험가여. 신의 어리석은 행동을! 그리고 체념을! 나는 세계의 멸망을 피하기 위해 인간의 숫자를 줄였을 뿐이다! 황제를 몬스터로 갈아치우고, 전쟁을 일으킨 것도 그 일환! 세계를 위해서인 거다!

◆티아라루주 공주 : 역시 아바마마는 몬스터에게……! 우리 인간은 인정할 수 없어요! 멸망을 받아들인 신도, 사람을 해치는 마왕도! 신이나 마왕이 없어도 인간은 살아갈 수 있어요!

◆대신 솔라리스 : 어째서입니까. 어째서 저항하는 거죠. 마물의 왕이여. 인간의 왕이여. 멸망도 자연의 흐름. 평온하게 시간을 보낼 수는 없는 겁니까?

어, 잠깐. 이거 어떻게 된 거야?! 어떻게 판단해야 하는데?!

◆애플리코트 : 세계가 멸망하는 이유는 신이 인간을 위해

세계를 팽창시켰기 때문인가. 원인은 알았다.

◆세테 : 그럼 이후의 루트는 어떻게 되는 거야? 엔딩은?

◆루시안 : 이걸로 결판이 나는 건가!

◆아코 : 인간 루트 갈 수 있나요?!

◆슈바인 : 나는 그냥 마왕 신봉자로서 마왕 루트를 밀어붙일래.

◆미캉 : 마왕님, 좋은 캐릭터에요.

기대하는 우리 앞에서, 이벤트가 진행됐다.

◆대신 솔라리스 : 최후의 인간이여. 당신의 힘을 빌려주세요. 마물과 인간의 왕을 막고, 평온한 시간을 보내는 겁니다.

◆마왕 고아보로스 : 모험가여, 짐에게 힘을 빌려다오! 신을 멸하고 이 세계를 구하는 거다!

◆티아라루주 공주 : 오만한 신도 마왕도, 인간에게는 필요 없습니다! 우리와 함께 인간의 세계를 만들어요!

그리고 결정적인 표시가 게임 화면에 떠올랐다.

▶누구와 함께 싸우겠습니까?◀

▶대신 솔라리스

▶마왕 고아보로스

▶티아라루주 공주

▶진행한 경우, 다른 선택지는 소멸합니다.◀

—여기까지 와서 또 고르게 하는 거냐아아아아아!

◆루시안 : 고르는 거냐! 지금까지의 선택은 뭐였냐고!

◆아코 : 고, 곤란해요~!

마지막의 마지막에 와서 터무니없는 선택지가 나오고 말았다!

††† ††† †††

“이 선달그믐날. 1년의 마지막 날에 잘 모여주었다.”

부실 화이트보드 앞에서 마스터가 그렇게 말을 꺼냈다.

12월 31일, 선달그믐날. 오늘로 한 해가 끝나는 날이건만, 우리는 부실에 집합해 있었다.

“크리스마스에 이어서 선달그믐날에도 불려나왔다냐…….”

“크리스마스는 자주적이었잖아요.”

“감사합니다, 고양이공주 씨.”

메인 퀘스트에는 전혀 끼지 않았던 선생님을 일부러 불러온 이유는 물론 부실을 열기 위해서다.

일단 겨울방학 중에 부활동을 몇 번 정도 해야 한다는 규정이 있기에, 그걸 소화한다는 의미도 있다.

“오늘 의제는 말할 것도 없이, 라스트 에피소드, 마지막 선택지에 대해서다. 어느 것을 골라야 할지, 기탄없는 의견을 듣고 싶다.”

"이걸로 엔딩이 정해지는 거죠?"

"아마도. 전원이 노리고 있던, 이거다 싶은 선택지니까."

"노골적으로 엔딩 분기란 말이지."

온라인 게임이니까 알기 어려운 분기로는 하지 않을 것 같기는 했지만, 이 이상 없을 만큼 알기 쉬웠다.

"선생님은 벌써 끝내긴 했지만…… 조금 하고 싶은 말은 있다냐……."

"스포일러 말하면 처분할 거야."

"네. 입 다물겠다냐."

선생님은 업뎃되자마자 바로 메인 퀘스트를 시작해서 우리와 합류하지 못했다. 스포일러 회피는 절대적이다.

끝낸 사람으로서는 말하고 싶기도 하겠지만, 여기는 입 다물고 지켜봐 줬으면 좋겠다.

"먼저 우리 신살팀 말이다만. 신을 죽인다는 건 즉 사람이 사람으로서 자립하는 것. 우리가 원하는 선택지는—."

"다시 말해, 공주님 루트! 신도 마왕도, 인간에게는 필요 없습니다~!"

그렇군. 뭐, 신살 루트인 두 사람은 그렇게 말하겠지.

"마왕 루트의 두 사람은?"

"상의해봤는데 마왕을 죽이는 루트는 두 개 있지만, 하나는 신의 노예고 또 하나는 인간 찬가 비슷한 느낌 아냐? 전혀 마왕 메인이 아니잖아."

"그러니, 마왕님한테 붙을래요."

"카르마 루트로 가는 건가요?!"

도중부터 세뇌당해서 마왕 신봉자처럼 되어버린 마왕 루트의 두 사람이니 이해할 수 있는 선택이긴 하지만!

"그럼 인간 루트의 두 사람은 어떠냐? 너희는 어떻게 할 거지?"

"우리는……."

"네."

우리도 제대로 상담은 했다.

아코에게 시선을 돌리자, 그녀는 고개를 끄덕이며 말했다.

"실은 말이죠. 저희는 다른 두 팀과 딱 하나 다른 점이 있어요. 뭔지 아시나요? 자, 세테 씨. 대답해주세요!"

"으응?! 뭐지? 으~음…… 부부팀, 이라든가?"

"부부가 아닙니다."

"부부이긴 하지만, 그게 아니고 말이죠."

아코는 양팔을 펼쳐서 넓은 세계를 품듯이 말했다.

"저희는 세계를 구한다는 말은, 전혀 하지 않았다는 거예요!"

"……그러고 보니 그러네."

"인간이 나쁘다고는 말했지만, 그걸 고친다고는 말하지 않았군."

그렇다. 다른 두 팀은 세계를 구하고 엔딩으로 가는 그 과정에서 마왕이나 신의 이름을 거론했다.

그러나 우리는 인간이 범인이라고 생각한다는 말만 했을 뿐, 세계를 구하고 싶다는 주장은 하지 않았다!

"그런고로! 인간의 소원에 따라 세계가 넓어졌고, 그래서 멸망으로 간다고 한다면— 저희는 그래도 상관없다고 봤어요!"

"신을 응원할 거야?!"

"우리는 그걸로 가고 싶어!"

그렇습니다. 우리 인간팀, 이대로 원만하게 세계가 멸망하면 되지 않을까? 그 선택지로 가도록 하겠습니다.

"애초에 저는 세계가 멸망한 미래에서 왔잖아요? 멸망하지 않았다면 사라지니까, 처음부터 세계를 구할 생각은 전혀 없었어요!"

"그, 그건 어떨까? 평행세계라면 주인공이 사라진다고 단정할 수는 없으니까."

"복잡한 이과 이야기는 필요 없어요! 저희는 세계가 멸망할 때까지 느긋하게 살래요!"

"세계에! 평화는! 찾아오지 않아~!"

그래도 된다고 생각해!

자, 의견은 모였다.

신도 마왕도 필요 없는, 인간의 세계를 만들고 싶은 신살팀.

마왕과 함께 인간을 멸망시키고 세계를 구하자는 마왕팀.

세계는 멸망해도 되니까 그때까지 평화롭게 지내자는 인간팀이다.

"의견이 완전히 갈라졌나……."
"어쩌죠? 제비뽑기라도 해서 정할까요?"
"후후후후후. 그럴 리가 없잖아."
세가와가 씨익 웃으며 일어났다.
"일부러 부실에 집합했다는 건, 마스터도 그럴 생각이었던 거지?"
"솔직히 말하면, 이 결과는 예상하고 있었다."
마스터도 일어났다.
어, 뭐야? 어쩔 건데?
두 사람은 컴퓨터 전원을 뽑고, 책상을 덜컹덜컹 움직였다.
각자 떨어진 네 귀퉁이에 설치하고 이쪽에 시선을 돌렸다.
"뭘 하는 거냐. 책상을 이동시켜라."
"어, 어째서 그런 짓을?"
"뻔한 거 아니냐."
마스터는 눈을 번쩍 빛내면서 웃었다.
"의견이 부딪친 이상— 힘으로 정한다!"
"그게 도중부터 정한 룰이었으니까!"
"진짜로?!"
그거 한 번으로 끝이 아니었어?! 전원이 한다고?!
"우~, 알았어! 그때 졌던 것도 분하니까, 리벤지!"
"바라던 바."
아아아, 아키야마도 후타바도 책상을 옮기고 있어!

이대로 가면 정말로 앨리 캣츠 내전이 시작된다고!

"서, 선생님!"

"어떻게 하죠!"

"그게~……."

선생님은 네 귀퉁이로 옮겨진 책상을 두리번두리번 바라보다가 말했다.

"선생님은 심판으로 한가운데에 있을 테니까, 두 사람의 책상은 저쪽으로 옮기렴."

"싫어요오오오오오오."

"하지 않으면 안 되는 거냐고오오오!"

††† ††† †††

"룰은 단순하다냐. 이 맵 전체를 사용한 프리 포 올! 팀의 모든 캐릭터가 사망하면 퇴장한다냐! 살아남은 팀이 승자가 되고, 선택지를 정할 권리를 얻게 된다냐! 세세한 룰은 저번에 했다고 하니까 그대로 한다냐!"

"카르마 루트로 가자!"

"인류 전멸이다~."

"인간은 신도 악마도 없어도 살아갈 수 있어!"

"인간은 자립하는 거다!"

"이제 됐어요! 할 만큼 해봐요!"

"이렇게 됐다면 전력으로 싸워주겠어!"

의욕이 충만한 세력과 도망치고 싶은 세력이 있는 건 둘째치더라도, 일단은 전원이 PvP 필드 : 로드스톤(하프)으로 모였다.

이번에도 이 맵에서 같은 설정으로 싸운다.

"그럼 5분 후에 스타트다냐. 각자 이동하라냐!"

카운트다운과 동시에 이동 개시.

역시 삼파전이라 그런지 슈바인 쪽도 다른 곳으로 이동했다.

마스터 쪽은 광장에 남았는데…… 어떻게 할까.

"뭐, 됐어. 이동하면서 작전을 세우자."

아무 대책 없이 싸우는 건 역시 좀 힘들 것 같으니까.

아코는 불안한 듯이 화면을 바라보며 말했다.

"그래도 전에 관전했을 때 말했던 필살기, 저희한테는 없잖아요?"

"아니아니, 우리한테도 특수기는 있어. 기회만 살리면 이길 수 있다고."

"그런가요?"

"물론."

그야 탱커+힐러 조합이니까 일반적인 딜로는 약간 밀린다. 그래도 이길 방법은 몇 가지 있다.

"나의 내구력도 그렇고, 아코의 회복력. 그리고 버프도 있잖아?"

"아, 다른 팀에는 별로 버프가 없네요."

"맞아. 개인용 버프는 있어도 동료에게 걸어주는 강한 버프가 없어."

그랜드 새크러먼트나 컨센트레이션은 능력을 대폭 올려준다. 있는 것과 없는 건 차이가 크다.

물론 정면에서 부딪쳐서 결판이 날 때까지 싸운다면 힘들다. 그래도 능숙하게 행동한다면 승산은 있을 거다.

"게다가, 나와 아코의 연계가 제일 호흡이 잘 맞을 테니까."

"그러게요. 부부니까요."

"사이좋은 부부를 이길 수 있으리라 생각하지 말라고."

그렇게 말한 뒤, 문득 신경이 쓰여서 물어봤다.

"……연계 이전 문제라서 일단 물어보는데…… 오늘 장비는 멀쩡한 거지?"

"자애의 지팡이라서, 반짝반짝 지팡이는 인벤토리에 넣어놨어요."

"들지 않는다면 상관없지만…… 창고에 넣어두라고……."

우리는 조금 떨어진 곳에서 숨어있었는데, 적이 다가오는 기척은 없었다.

"이리로 오는 기척은 없네. 기척 같은 건 모르지만."

"분위기네요."

사실 갑자기 골목에서 뛰쳐나와도 놀라지는 않는다.

"우선 마왕팀와 신살팀이 부딪쳐주면 좋겠는데 말이지."

"역시 그렇네요."

어부지리라는 거다. 가능하면 서로 공멸해줬으면 좋겠다.

"자, 5분이 지났다냐! 앨리 캣츠 내 팀전 대결! 개시다냐!"

선생님의 목소리가 선달그믐날의 부실에 울려 퍼졌다.

동시에, 방구석에서 마스터가 큰소리로 외쳤다.

"나는 맵 중앙! 광장 중심에서 기다린다! 자, 덤벼봐라!"

"기다릴게~!"

우와아, 갑자기 그런 수법이냐!

"걸어왔네."

"마스터답네요."

"그리고 아키야마답기도 해."

그냥 들어보면 정정당당한 느낌의 발언이지만, 실제로는 다르다.

"차폐물이 적은 광장에서 거리를 두고 싸우려는 생각이야. 갑작스럽게 만나서 근접전이 벌어지는 것보다는 훨씬 승률이 높아."

"그, 그러네요. 광장 한가운데에 도착하기 전에 마법에 맞아 죽을 테니까요."

그렇지만, 신경 쓰이기는 하다. 정말로 있는 걸까? 라든가 다른 팀은 갈까? 라든가.

나와 아코는 슬금슬금 광장 쪽으로 다가갔다.

우리가 숨은 위치는 광장이 시야에 아슬아슬하게 들어오는, 건물 뒤라 보이지 않는 곳.

3D라면 숨기 쉽지만, 2D 맵이라서 이동에 신경을 써야 한다.

"아무도 오지 않나? 오지 않는 거냐? 오고 싶지 않은 거냐? 올 배짱도 없느냐!"

그러는 사이에도 마스터는 하고 싶은 말을 다 하고 있었다.

"이거, 슈가 화내지 않을까요?"

"그러게. 세가와라면 폭발할 듯한 도발이지만…… 그래도 그 이상으로."

더 화낼 것 같은 사람이 한 명, 이 부실에 있단 말이지.

"여기에는 겁쟁이밖에 없는 거냐! 자, 내가 두렵지 않다면 덤벼봐라!"

마스터가 호들갑스러운 동작으로 그렇게 말한 순간.

게임 안의 캐릭터에 강철의 화살이 꽂혔다.

"음?"

"용서할 수 없음."

비 오듯이 화살이 후두두둑 쏟아졌다.

그렇다. 여기에는 슈 이상으로 도발 내성이 없는 미캉이 있다.

"이기지 못하더라도, 긍지는 버리지 않아요."

"그래! 얕보지 말라고 짜샤아아아아아아아!"

그리고 그늘에서 슈가 돌진해왔다.

이쪽도 이쪽대로 완전히 열 받았다.

이렇게나 열을 내주면 도발한 보람도 있겠지.

"노리던 대로 공멸해주는 흐름이네."

"어딘가를 도와줄까요?"

"왠지 방해하는 것도 좀 아닌 것 같다는 생각 안 들어?"

"……그러게요."

저렇게나 화를 내고 있는데 끼어들게 되면 흥이 식는다.

이야기하는 사이, 마스터의 오른쪽 팔에도 화살이 꽂혔다.

스나이핑 라이트 암. 무기가 봉인된 마스터에게 슈가 블링크 순간이동을 섞으며 돌진.

"큭, 자랑스런 지팡이가!"

"느려 느려! 무기 없이는 안 맞는다고!"

마스터가 마법을 날렸다. 하지만 지팡이가 일시적으로 해제된 상태에서는 영창도 느리고, 대단한 대미지를 줄 수 없다.

그래도 3할 가까이는 깎아냈지만, 슈바인이 마스터에게 육박해왔다.

"죽어!"

뒤숭숭한 말과 함께 휘두르는 이그니션 스매시.

도망치려는 마스터에게 일격, 그리고 추가 공격이 들어가기 전에, 워엉! 하는 울부짖음이 들렸다

"아아, 정말. 귀찮아!"

"무땅, 와요."

"야호~!"

두 사람의 움직임이 멈추자, 분수 뒤에 숨어있던 무땅과 세테 씨가 뛰쳐나왔다.

"무땅, 고!"

덮쳐오는 소환수.

무땅의 기습 공격이 슈바인에게 꽂혔다. 플레이어 정도의 위력은 없지만, 마스터 대책으로 마법 방어를 올린 장비가 원인인지 다소 대미지가 들어갔다.

그러나 슈바인은 동요하지 않았다.

"걸렸구나! 한꺼번에 사거리 안!"

허리를 낮추고 대검을 휘둘렀다.

"란, 란!"

"치잇!"

휘두르는 대검이 모조리 직격.

저 단단한 마스터의 HP가 단숨에 4할 이상 날아갔다. 하프가 아니었다면 치명상이 될 수도 있었던 큰 대미지.

"저 녀석 딜은 진짜 무지막지하네. 좁은 범위에서라면 마스터보다 강하다고, 진짜로."

이런 곳에서 슈바인의 성장을 목격하고 말았다.

그리고 이대로 가면 마스터가 쓰러지기 직전.

"세테!"

"무땅, 부탁해!"

거대화한 무땅이 사이에 끼어들어서 슈의 추가타를 받아냈다.

아오오오옹, 하고 울부짖은 무땅이 빛의 입자가 되어 사라졌다.

"무~땅~!"

"충분하다. 후퇴하자!"

"놓치지 않겠어! 미캉!"

"저격한다!"

두 사람의 발밑에 화살이 날아갔다. 둔화를 노린 스나이핑 레그 샷.

후타바, 왠지 저런 대인전 스킬만 익히지 않았나?

그거 몬스터전에서는 거의 안 쓴다고.

"그리 쉽게 맞을 것 같으냐!"

"크으."

대다수를 피하고, 맞은 것도 내성으로 무효화한 두 사람이 도망쳤다.

슈바인 혼자라면 쫓아갈 수 있겠지만, 미캉의 사거리 안에서 나가는 게 싫었는지 일단 포기한 모양이었다.

슈바인이 그럭저럭 대미지를 입었고, 미캉과의 거리는 먼 상황.

이건 나쁘지 않을지도?

"좋아, 아코. 살짝 인사하고 오자."

"괜찮을까요?"

"우리만 아무것도 하지 않는 건 쓸쓸하잖아. 찌르고 나서 바로 도망치자."

"네~에."

슬쩍 그늘에서 나와서 단숨에 슈바인을 향했다.

그리고 중거리에서 방패를 던진다! 던진다! 던진다!

"여어여어 슈바인 씨, 안녕안녕."

"엑스댐, 엑스댐~."

"뭐!? 잠깐, 아프잖아?! 뭐야 이거 짜증나!"

방패를 퍽퍽 얻어맞고, 그게 엑스댐으로 강화되자 슈바인이 황급히 회복했다.

"좋아, 도망치자!"

"네~에."

"기다려 짜샤아아아아아아."

"스톱~!"

쫓아오는 슈바인과 화살을 쏘려는 미캉.

화살을 가드로 막아내는 사이, 아코가 스킬을 사용했다.

"네, 조용히 하세요~."

"스킬 봉인 싫어어어어어어."

아코의 스킬 실링이 훌륭하게 HIT.

위험하다고 봤는지, 슈바인이 바로 물러났다.

"좋아좋아, 좋은 느낌이야."

"이러면 되는 걸까요?"

"이대로 싸우면 이기지 못하겠지."

슈라면 평타로도 충분히 아코를 죽일 수 있다.

"우리는 지구전을, 그것도 포션을 마구 사용하는 구질구질한 싸움을 이어가자. 최종적으로는 아코의 힐로 우리가 이기는 거야."

"으, 음흉한 전법이네요."

"그야말로 인간답지!"

그래도 실제로 유용하다고.

마스터와 미캉은 STR을 올리지 않았으니까 아이템을 조금밖에 가질 수 없고, 슈바인은 물렁살이니까 소비가 심하다. 지금처럼 강제로 포션을 사용하는 상황을 몇 번 만들어 주면, 우리가 일방적으로 유리해질 수 있다.

광장에서 기다리던 마스터도 무땅을 희생해서 슈의 포션을 줄인 뒤 퇴각했다. HP 관리는 중요하다.

"다음부터는 적과 싸워도 가볍게 맞붙고, 상처가 커지기 전에 퇴각하자."

"네~에."

우리는 슈바인 일행과 떨어지고 싶다고 생각하며 이동했다.

그 발밑에, 마법진이 확 떠올랐다.

……어째서?

"엥?"

"어?"

전쟁 중이 아니니까 이런 곳에 NPC의 마법진 같은 게 나오지는 않는다.

당연하지만 이건 적의, 게다가 악랄하게 강한 마스터의 대마법 마법진—.

"……큰일이다! 도망쳐!"

"어째서인가요오오오오오오오."

어떻게든 도망치자, 별들에게서 번개가 떨어지며 무지막지한 이펙트를 방출했다.

위험했다~. 시야에 들어오지도 않았는데 마법을 날려대는 게 이뒀어?!

"여, 역시 괜찮았네요."

"릴리스로 바로 맞았다면 꽤 아팠겠지만, 일반적인 영창이라면 발동 전에 도망칠 수 있으니까."

그래도 무서운 건 무섭다.

"위치가 들킨 걸까요?"

"아까 전투로 알아챘을 테니까, 대충 조준해서 쏜 게 아닐까?"

대충 조준해서 쐈다는 예상은 맞았던 모양이라, 이곳저곳에 마법이 펑펑 쏟아졌다.

"숲에서 쫓기는 게릴라 같은 기분이야."

"엉망진창이에요."

그렇게 멀지 않은 곳에 있겠지만, 딱히 부딪치고 싶은 건 아니다.

마법에 맞지 않기 위해서라도 더 멀리 도망쳐야 하나.

"좋아, 도망치자. 아코."

"그러게요. 잘못해서 맞으면 무서우니까요."

근처에 나온 마법진을 피하며 마을 구석으로 이동했다.

변함없이 쏟아지는 마법. 아무리 그래도 맞을 녀석은 없겠지만.

"……아니, 잠깐만."

"왜 그러나요?"

"마스터와 세테 씨라고? 아무 생각도 없이 마법을 날려댈까?"

실제 사용할 때는 몰라도 전략 전술에는 박식한 마스터. 타인의 심리 장악이라면 식은 죽 먹기인 세테 씨.

두 사람이 뭉쳤는데, 이렇게 닥치는 대로 마법을 날리는 작전 같은 걸 세울까?

"만약 대략적인 위치를 예측해서 마법을 날리는 거라면, 우리는 어딘가에 몰리고 있는 게 아닐까?"

"그, 그렇다면."

이야기를 나누면서 골목에서 나온, 그 순간.

"찾았다아아아아!"

"발견!"

"우와앗?!"

"슈, 미캉?!"

이런, 마주쳤다! 게다가 가까워! 슈의 거리다!

"……훗."

"브이!"

그리고 의기양양한 마스터&세테 씨.

이 녀석들 저질렀겠다!

손바닥 위에서 놀아났어!

"에에잇, 내가 끌어들일게. 아코는 먼저 도망쳐!"

"아뇨, 제가 앞에 나갈게요!"

"뭐?! 하지만 아코로는……."

"루시안!"

옆에 있는 아코와 순간 눈이 마주쳤다.

자신감은 없어도 신뢰만큼은 가득한 시선이, 나를 보고 있었다.

"플랜 B에요!"

"좋아, 알았어!"

설명하지! 플랜 B란!

딱히 그런 건 정하지 않았다!

단지, 뭘 하려는지는 왠지 모르게 알 수 있다.

"스킬 실링! 실링! 실~리~이이이잉!"

“에에잇, 성가셔!”

아코가 물러나면서 스킬 봉인을 연타했다. 이동 속도가 변함없는 이상, 스킬 봉인이 성공하면 따라잡히지 않는다.

그러나 슈는 만능약으로 회복하면서 돌진 스킬을 사용했다.

“그거 치사해요~!”

“치사한 거 아니거든! 이거 무겁다고!”

많은 상태 이상을 치료하는 만능약. 그러나 매우 무거워서 많은 숫자를 소지할 수 없다.

그런데도 슈바인은 연타하면서까지 다가오고 있었다.

마스터와 세테 씨가 우리 위치까지 접근해오기 전에 끝낼 셈인가!

“저격한다.”

“앗!”

아코의 손에 화살이 꽂히며 무기가 봉인되었다.

장비 봉인계 스킬은 아이템으로는 낫지 않는다.

반짝반짝 지팡이라면 몰라도 오늘은 멀쩡한 지팡이다. 저게 없으면 스킬 봉인 같은 건 맞힐 수 없다!

“아코가 앞으로 나온 건 예상 밖이었어. 확실히 난전 속에서 끼어들면 기회가 있었겠지만…… 꽤 단호하게 들어왔네.”

“저는 루시안을 믿으니까요.”

대각선상의 세가와와 대화하면서 슬금슬금 물러났다.

지팡이가 없어도 질 생각은 없다는 듯, 아코는 전투태세를 무너뜨리지 않고 있다.

"그쪽도 전력이라는 건가…… 좋아. 이쪽도 사양하지 않겠어!"

"타마키 선배. 미안해요."

블링크로 순식간에 다가온 슈바인이 스매시를 휘둘렀다.

그리고 화살 몇 발이 한 덩어리가 되어 날아왔다.

양쪽을 얻어맞으면 아코는 단숨에 빈사 상태가 된다. 죽더라도 이상하지 않다.

그러나 그 전에, 이 글자가 채팅창에 입력되었다.

◆루시안 : 아코, 사랑한다!

그렇다. 맞으면 당한다면, 안 맞으면 된다.

◆루시안 : '너를 놓지 않겠어!'

아코와 루시안이 붉은 실로 이어졌다.

아까 맞았던 미캉의 사격. 그 대미지가 내게 흘러 들어왔다.

적은 대미지는 아니지만, 나의 HP가 훨씬 많고 포션도 잔뜩 가지고 있다. 아무런 문제도 없어!

그리고 동시에.

◆아코 : 루시안, 사랑해요!

◆아코 : '언제나 함께예요!'

검을 든 슈바인 앞으로, 루시안이 강제 전이되었다.

"뭐어?!"

"이얍!"

◆루시안 : SoS 넣습니다. 남은 시간 15초.

거대화한 방패가 스매시를 깔끔하게 튕겨냈다.

큰 기술을 날린 직후의 빈틈! 여기다!

◆루시안 : 스턴 들어갔어! ← 여기!

"엑스트라 대미지!"

"에에에에에에잇!"

"아흐으으으으으윽?!"

세가와는 여자아이가 내서는 안 되는 목소리를 내며 날아갔다.

실드 오브 센티널은 방어 버프지만, 방패 공격 스킬만큼은 위력이 조금 올라간다.

아코의 버프도 걸려서 위력이 배로 늘어난 나의 스킬과, 내구력을 올리는 버프가 아무것도 없는 슈바인. 대미지는 일격에 4할을 넘었다.

움직이지 못하는 사이에 계속해서 방패를 붕붕 날려 대미지를 벌었다.

"윽, 오지 마요."

슈를 감싸기 위해서 미캉이 화살을 날려왔다.

조금 더 벌고 싶었지만, 여유를 가진다면 이쯤 해야 하나.

"좋~아. 도망치자. 아코!"

"잽싸게 튀어요~."

"이 녀석드으으으으을! 결혼 스킬은 치트잖아! 이 맵 텔포 불가능이거든?! 왜 순간 이동하는 거야!"

"블링크 쓰는 너한테 듣고 싶지 않아!"

"심판~! 심판~! 이거 치트 아닌가요~!"

"고양이공주 씨는 아무런 반칙도 감지하지 못했다냐."

"거짓마아아알!"

PvP 필드는 텔레포트 불가 맵이라 아코의 최강 스킬 중 하나인 쇼트 텔레포트를 쓸 수 없다.

이것만 있었다면 도망에 관해서는 무적이었을 텐데, 너무 강하니까 어쩔 수 없지.

그래도 룰을 뚫고 쓸 수 있는 게 결혼 스킬이다. 던전 안에서만 불러낼 수 있는 결혼 텔레포트는, 놀랍게도 PvP 맵에서도 쓸 수 있다.

아무리 그래도 바깥에서 불러낼 수는 없지만, 안에 있으면 문답무용으로 불러낼 수 있다.

"이번에는 우리의 승리네. 끝내려고 들어온 녀석들에게 깔끔하게 카운터를 먹여줬어."

"승승장구네요."

"큰소리로 말하지 말라고! 이쪽은 안 졌어!"

"굴욕."

대각선에서 불평이 날아왔다.

그렇다. 아직 결판은 나지 않았다. 한 번의 교전에서 전술적 승리를 얻었을 뿐이다.

그러나 그 결과가 의외로 영향을 준 모양이다.

"……다음에는 마스터 팀을 노릴까."

"이의 없음."

"에에잇, 역시 내구형은 강적인가."

"먼저 쓰러뜨리지 않으면 안 되려나?"

훗훗훗, 다들 우리의 힘을 두려워하는군.

—그런 농담을 말하기는 했지만.

"……먼저 히든카드 하나를 뽑아버렸네."

"곤란하네요."

작은 목소리로 소곤소곤 상의했다.

상대는 드래곤 소울이나 릴리스를 온존하고 싸우고 있다.

세테 씨는 대부분의 스킬을 쓰지 않았고, 미캉도 함정 스킬을 사용한 게릴라전이 가능할 거다.

그 점에서 결혼 스킬은 틀림없이 우리의 히든카드였다. 상대는 절대 쓰지 못하고, 효과도 별로라서 염두에 두지 않았을 테니까.

그걸 사용한 대신 만능약과 포션을 소비하게 했다고 생각하면 뭐, 나쁘지는 않지만…… 역시 힘들어졌다.

"아직 방법은 있어, 힘내서 가자."

"네!"

버프를 다시 걸고, 스킬을 준비해서 잽싸게 이동이다.

"어떻게 하죠? 한동안 숨을까요?"

"아니, 이미 꽤 싸웠으니까 다들 초조할 거야. 끝내러 가

보지 않을래?”

그렇게 말한 걸 들은 것처럼, 화면에서 폭발음이 났다.

“찾았다, 슈바인!”

“자, 가자. 미캉!”

“아이아이 서.”

벌써 시작했잖아!

“우리도 가자!”

“네!”

소리가 난 방향으로 가자, 묘하게 기억에 있는 골목이다.

이곳은 우리의 평소 모임장. Catloaf 앞이었다.

그렇군. 결판낼 곳을 이곳으로 정했나.

날아오는 마법을 피하면서 접근을 시도하는 슈와 화살로 원호하는 미캉.

그리고 빈틈을 봐서 뒤쪽에 있는 미캉을 직접 쓰러뜨리려는 세테 씨. 이미 전쟁 상태다.

“난전을 거는 것도 방법이겠네. 우리도 난입할까?”

“앗, 잠깐만요!”

그 전에 전황이 움직였다.

“미캉, 기다려~.”

조금 앞으로 나온 미캉을 노리고 세테 씨가 뛰쳐나왔다.

“미캉이 당하게 두진 않아!”

반사적으로 움직인 걸로 보이는 동작으로 슈바인이 끼어

들었다.

그러나 방해받은 세테 씨에게 동요는 없었다.

"노릴 곳은 저기! 무땅, 가자!"

슈바인을 눈앞에 둔 무땅이 울부짖었다.

달빛이 한 마리에게 엄청난 힘을 부여하고, 서머너에게도 그게 중복된다. 정면의 적에게 주는 대미지를 딱 한 번 증가시키는 버프가 발동.

스킬 사용과 동시에, 세테 씨의 뒤에 있던 무땅이 앞으로 나왔다.

두 사람이 서로 자리를 바꾸면서 스킬을 연타하는 유저 콤보, 하울링 러시.

"진짜로 인간 상대로 쓰다니, 이번에도 고난이도잖아! 저런 건 명백하게 오버킬이라고!"

"저, 저기, 그래도 저건……."

"얕보지 말라고오오오오!"

카운터! 카운터! 카운터!

정면에 카운터 표시가 몇 번이고 떠올랐다.

우왓, 굉장해. 카운터로 반격하고 있어!

"에, 에에엑?!"

"나도 성장했거든!"

예전 싸움에서 바츠에게 란란이 죄다 카운터를 당한 것처럼, 슈도 세테 씨의 하울링 러시에 카운터를 꽂아 넣고 있었다!

"콤보를 멈춰라, 세테! 반대로 깎이고 있다!"

"잠깐, 이거 조작에 버릇이 들어서!"

무너지고 있다는 걸 알면서도 이미 버릇이 들어서 멈출 수 없는 게 콤보다.

연속으로 대미지를 입은 세테 씨는 마지막으로 대검을 휘두르는 슈와 마주했다.

"미안하네! 너는 여기서 리타이어야!"

마지막 한 방, 앞으로 나선 세테 씨를 노려서 스매시로 일도양단했다.

"거짓말~! 죽어버렸어~!"

"신살팀, 세테 탈락이다냐!"

세테 씨가 처음으로 탈락인가.

그렇게까지 의외인 건 아닌, 가.

"세테 씨. 좀 더 힘낼 수 있을 줄 알았는데……."

"뭐, 평소에 특기인 전술을 쓸 수 없었으니까."

"특기인 전술이 뭔가요?"

"인심 유도라든가."

"아아……."

가까운 사이이기에 알 수 있는 것이 많다. 분명 행동 예측이 가능했을 거고, 그걸로 대마법을 써서 유도해서 우리를 부딪치게 했다.

하지만 거기까지란 말이지. 세테 씨의 말을 들으면 위험하다는 걸 알고 있으니까, 그런 유도에 계속 걸리지는 않는다.

그게 가능했다면, 남은 한 명이 될 때까지 숨어서 어떻게든 할 수 있었을지도 모른다.

"슈는 굉장하네요. 전부 카운터라니."

"강하긴 하지만, 그 정도까지는 아니야. 모두 카운터할 수 있는 건 아니고, 대미지도 어느 정도는 받는다고."

충분하게 대미지를 받아서 포션도 한계. 여기서 칠 필요는 없겠네.

"좋아, 마스터를 노리자. 원호해줘."

"네, 힐 준비할게요!"

작은 목소리로 상의하고, 팀 멤버가 없어져서 혼자 남은 마스터를 덮쳤다.

배후에서의 공격. 스턴은 뒤로 미루고 먼저 대미지를— 그렇게 생각했는데.

"다 보인다, 루시안!"

"읽혔나!"

변함없이 날카로워!

방패를 부딪치기 전에, 눈앞에 얼음벽이 솟구쳤다!

"젠장. 아이시클 월인가!"

순간 주저한 게 실패였다. 마스터 바로 근처인데도 사방에 벽이 둘러싸서 움직일 수가 없어!

"큰일이다! 아코, 소환은……."

"아직 쿨타임이에요!"

이대로 가면 마스터에게 희롱당하다 죽겠어!

에에잇, 방패를 던질까! 은근히 딜은 나오니까!

그렇게 생각하고 공격용 방패를 든 타이밍이었다.

"놓칠 것 같으냐아아아."

맹렬한 기세로 달려온 슈바인이 근처에 있는 우리 두 사람을 한꺼번에 사거리에 넣었다.

아, 이거 위험하다!

"끝장내주겠어! 모든 것을 태우는, 드래곤 소울!"

장비를 화내성으로— 무리다, 너무 늦었어!

"꺄아아아아아아."

"크으으으으으윽."

나와 마스터가 불타버렸다.

"죄송해요, 늦었어요!"

"괜찮아, 신경 쓰지 마! 붙잡힌 내 잘못이야!"

"이걸로 남은 건 아코뿐! 우리의 승리야!"

"역시 돼지 선배."

"아아앙?!"

승리를 뽐내는 두 사람. 남은 건 아코뿐이라고 생각한 거겠지.

그러나 아직이야. 건방 떨지 말라고!

"무르군, 무르다 슈바인이여!"

"메인 탱커 얕보지 말란 말이야아아아!"

나와 마스터가 불 속에서 뛰쳐나왔다.

미안하네, 슈. 아직 안 끝났어!

"뭐어!? 왜 살아있는 거야?!"

"드래곤 소울로 오리라는 건 읽고 있었다! 화내성으로 고정해놨었지!"

전신을 붉게 빛내는, 완전 화내성 특화 장비인 마스터.

얼음벽에 갇혀버린 나를 공격하지 않았던 건 드래곤 소울을 예상했던 거겠지.

결정타가 될 그것을 쏘게 하기 위해, 일부러 나와 가까운 위치에 머물렀던 거다.

"마스터는 알겠는데, 왜 니시무라까지 안 죽은 거야!"

반면 나는 가장 사기 같은 수단을 써서 여기에 있다.

"나는 죽지 않은 게 아니야! 그보다 한 번 죽었어!"

"뭐어?! 그거…… 거짓말이지, 그게 되는 거였어?! 치사하지 않아?!"

"여신의 자비에요!"

힐러가 자랑하는, 이쪽도 터무니없는 스킬, 여신의 자비.

이것으로 인해 나는 한 번 죽어도 자동으로 되살아난다!

이후에는 포션을 쏟아부어서 회복했을 뿐이다.

이걸로 드래곤 소울은 사라졌다. 얼음도 녹았고, 마스터에게 스턴을 넣으면 슈도 거기에 맞출 테니까 협력해서 쓰러뜨리면—.

"미안하구나."

순간, 무영창으로 얼음마법이 날아왔다.

피할 새도 없이 루시안의 몸이 얼어붙어서 이동이 대폭 둔화됐다.

"어? 응?! 무슨 일이야?!"

"아이스 볼트다."

"알긴 하는데, 그것도 영창 좀 있잖아! 어째서 무영창?!"

"솔직히 말하면, 릴리스 아이스 볼트다."

"그걸 충전해놓고 있었다고!"

폭딜 마법이 아니라, 일부러 그런 마법을 충전했던 거야?!

젠장, 영창이 긴 대마법을 충전하고 있다고 착각했어!

단발 둔화 마법을 무영창으로…… 이게 마스터의 히든카드인가!

"이런, 아이스 볼트의 둔화는 만능약으로는 못 없애! 아코의 리커버라면……."

"바로 치료할게요!"

"여기서 루시안을 쓰러뜨리지 못하면 승리는 없다! 아끼지 마라!"

"시끄럽네! 한꺼번에 베어버리겠어!"

"그만둬어어!"

윌! 센티! 틀렸어. 버프를 걸어도 너무 부족해! 엄청난 기세로 대미지가 올라가고 있어!

"힐이 따라가지 못해요! 둔화를 치료할 시간이 없어요!"

"됐으니까 떨어져 아코! 말려들 거야!"

이대로 가면 도망치는 건 무리. 둔화는 외적 요인의 상태 이상이라 만능약은 효과가 없다.

아코의 스킬로 치료하면 회복이 멈춰서 죽는다. 애초에 회복을 계속해도 금방 따라잡힌다.

드래곤 브레스를 맞은 시점에서 곧바로 이탈했어야 했다. 초조했던 나의 실수다.

실수 탓에 죽을 수밖에 없다면, 해야 할 일은 정해져 있다. 발버둥이다!

근처에 있는 마스터와 슈, HP가 더 줄어든 건 어느 쪽이냐!

"너냐아아아아아아! 슈바이이이이인!"

"루시아아아아아아안!"

검과 맞부딪칠 기세로 이이이이인! 하고 절규하면서 방패를 부딪친 나와 검을 후려친 슈바인.

나의 오버드 실드에 얻어맞고 날아간 슈바인의 HP 게이지가 제로로 떨어졌다.

동시에 내 HP 게이지도 사라졌다.

"마왕팀, 슈바인! 인간팀, 루시안! 탈락이다냐!"

"리타이어인가…… 미안, 아코."

“슈를 쓰러뜨린 것만으로도 대단해요!”

“마스터를 쓰러뜨리지 못했어, 미안.”

“남은 건 타마키 선배랑 쿄우 선배. 여유.”

“말 한번 잘하는군. 이 나를 이길 수 있다는 거냐?”

포션으로 끝까지 회복한 마스터가 두 사람을 노려봤다.

과연 승산이 있을까?

아코는 스킬 실링이나 평타로 마스터를 이긴 적이 있다. 그러나 마스터라면 이미 스킬 봉인 대책은 세워놨겠지.

그리고 원거리 공격을 하는 미캉은 난관. 레벨차가 나더라도 아코는 이길 수 없다.

솔직히 이길 수 있다는 미래가 보이지 않는다.

“……타마키 선배.”

그때, 대각선 자리에서 후타바가 말했다.

“협력해서 쿄우 선배, 해치우죠.”

“담합인가요?! 미캉답지 않네요!”

확실히 정면에서 부딪쳐서 이기려고 하는 후타바답지는 않다.

그러나 후타바는 진지한 표정으로 말했다.

“열심히 한 돼지 선배의 죽음을 헛되이 하고 싶지 않아요.”

“…………”

아코는 내게 순간 시선을 보내고는, 끄덕였다.

“알겠어요. 미캉은 노리지 않을게요.”

"고마워요, 선배."

그늘에서 나온 미캉이 아코와 나란히 섰다.

그랜드 새크러먼트, 컨센트레이션. 아코는 적인 그녀에게 버프를 걸어줬다.

두 사람이 마스터와 마주 봤다.

"과연. 마지막의 마지막에 와서 두 팀이 가로막는가. 좋다. 이래야지! 신도, 마왕도 내가 쓰러뜨린다!"

"누가 마왕인가요!"

"제가 신이에요."

미캉의 화살이 마스터에게 날아갔다.

두 사람 모두 일단 물러나서 게릴라전에 나설 작정인 모양이다.

"미안하구나, 미캉."

그 화살을 무방비하게 맞은 마스터가 일직선으로 나서며 말했다.

"나와 너는 레벨이 다르다!"

미캉의 화살은 그렇게 큰 대미지가 되지 못했고, 답례라는 듯이 번개 마법이 날아왔다.

"실링!"

"대책은 이미 끝났다!"

스킬 봉인을 막는 머리 장비가 마스터의 머리 위에. 수다스러운 부리다.

"우우, 어쩌죠!"

"힘이 부족해요."

두 사람이 포위하면서 움직였지만, 마스터의 아성은 무너지지 않았다.

그뿐만 아니라 두 사람의 HP만 줄어든다.

그나저나 의외네. 마스터의 공격을 맞고 있는데도 바로 죽을 기색은 아닌데?

"곤란하네. 마스터, 딜을 낮추고 내성을 올렸어. 미캉의 스킬로는 무기를 떨어뜨릴 수 없을지도."

"진짜로?"

"우우."

처음과 달리 장비로 대책을 세운 모양이다.

스킬 봉인도, 장비 봉인도 확실히 대비하고 있다.

"아이템을 마구 쓰지 않아도 빛난다! 이게 돈의 힘이라는 거다! 하~하하하!"

"어른스럽지 못하잖아요오오오오."

"부르주아 용서할 수 없음."

그 대신 딜이 낮아서 어찌어찌 힐로 살아남고 있는 모양이다.

"그래도 서서히 밀리나……."

"MP가 딸려요~!"

"하하하하하! 왜 그러나 왜 그러나! 그 정도인가!"

젠장. 잘난 듯이 웃기는! 살아있었다면 안면에 방패를 때려 박았을 텐데!

"……이래서는 못 이겨요. 무리해서라도 가야겠어요."

결판을 의도했는지, 미캉이 단숨에 마스터에게 접근했다.

엥? 스나이퍼가 접근전을 한다고?!"

"무슨 생각이냐! 원거리 직업이 접근해봤자!"

"근접 기술도 익혔어요."

이거, 라면서 미캉이 발밑에 뭔가를 홱 내리쳤다.

직후, 그게 커다란 대미지와 함께 폭발을 일으켰다.

오오오, 적에게 함정을 직접 날리는 근접 함정 전술인가!

"앗, 클레이모어?! 함정 직접 설치라고?!"

"에잇에잇에잇."

"새, 생각보다 대미지가! 큭, 밀어붙일 수 있다고 생각하지 마라!"

미캉과 마스터의 목숨을 깎아내는 소모전.

그러나 레벨이 낮고 장비도 약한 미캉이 압도적으로 불리하다.

"선배, 힐……?"

맹렬한 기세로 줄어드는 HP를 본 미캉이 적인 아코에게 회복을 요구했지만— 아코는 힐을 날리지 않았다.

"지금이에요! 리바이브!"

"응?!"

"뭣이이이?!"

회복도 공격도 아니고 소생?!

나에게?!

"그, 그걸 노린 거냐. 아코!"

"속여서 미안하긴 하지만, 저는 루시안의 신부니까요!"

"그래도 소생은 영창이 기니까, 발동 전에 당하잖아?!"

"괜찮아요! 두 사람은 결전에 한창이니까요!"

그렇게 말한 아코가 소생마법을 영창했다.

그러나 유감스럽게도, 공통의 적을 발견한 두 사람의 싸움은 중단되었다.

"이 국면에서 루시안의 소생이라니, 절대로 그렇게 둘 수는 없다!"

"그건 안 됨. 절내로 안 됨."

화살이 날아오고 마법이 날아왔다. 배신은 용서할 수 없다는 듯이 마법이 날아왔다.

오른손에 꽂힌 화살이 지팡이를 떨어뜨리고, 영창 속도가 둔화되었을 때 마스터의 마법이 적중했다.

"아아앗! 잠깐만요. 조금만 더, 조금만 더~!"

"시끄럽다. 깨끗하게 쓰러져라!"

"어째서 이런 일이~!"

"배신자는 용서할 수 없어요."

두 사람의 협력 공격을 얻어맞은 아코는 바로 쓰러졌다.

HP는 제로가 되었지만, 선생님의 리타이어 선언은 나오지 않았고 아무도 긴장을 풀지 않았다.

"여, 여신의 자비!"

그리고 두 사람 앞에 부와앙 하고 떠오른 아코가 말했다.

"……한 번 죽었으니까 용서해준다, 같은 건 없나요?"

"용서할 수 없지."

"절대로 안 됨."

"그렇겠죠오오오오오오."

비참. 아코는 두 번 죽었다.

"자, 인간팀. 아코 탈락이다냐."

"꽈당큐~."

아코가 격침됐고, 남은 건 두 명.

마스터와 미캉. 너무나도 격차가 심한 조합이다.

"크…… 무념……."

미캉에게 승산이 있을 리가 없었고.

어느 의미로는 당연하게도, 결과는 이렇게 됐다.

"승자, 애플리코트! 신살팀의 승리다냐!"

이렇게 앨리 캣츠의 내전은 애플리코트&세테 팀의 승리로 끝났다.

뭐, 타당하다면 타당하다.

"우우우, 미안해요 루시안…… 소생에 성공했다면……."

"아니, 내 실수 때문이니까…… 게다가 응, 인간다운 패배였어."

남을 싸우게 하는 사이에 일방적인 승리를 얻으려 하다가 결국은 흠씬 두들겨 맞았으니까. 인간이란 그런 법이지.

누가 살아남더라도 이길 수 없는 이상, 소생에 도박을 걸 수밖에 없었다. 마지막까지 승리를 위해 노력한 건 칭찬해주고 싶다.

"선배가 배신하지 않았다면……."

"그치마아아안! 미캉이 살아남아도 못 이긴다고요오오오오오."

아코는 그 후에도 한동안 미캉의 원망을 들으며 아우아우 울고 있었다.

싸움이 끝나고, 자리 위치를 되돌렸다.

평소 배치로 돌아가자, 마스터가 말했다.

"그럼 다들! 미안하지만, 신살 루트를 선택하도록 하겠다!"

"이예~이! 아무것도 안 했지만 해냈다~!"

루트는 신도 악마도 멸하는 왕도 루트로 결정.

패했으니까 어쩔 수 없고, 내용도 딱히 싫은 건 아니다.

"신도 마왕도 쓰러뜨린다니까 트루 엔딩 같은 느낌이 드네."

"그러게요. 평범한 루트네요."

"이 원한, 마왕과 신에게 부딪칠래요."

"보스를 쓰러뜨리고 나의 힘을 증명해볼까?"

응, 딱히 문제는 없다.

즐겁게 놀고, 열심히 싸우고, 그 결과로 선택지를 정했다.
그것에는 아무런 불만이 없다.
그래도— 왠지 이상한 느낌이 드네.
"……확 와닿지 않는 이 느낌은 대체 뭘까?"
"어라? 마스터도 그래?"
"음. 묘하게 납득이 안 간 달까, 모양새가 안 좋은 기분이군."
마스터는 아무래도 진정이 안 된다며 중얼거렸다.
"이긴 후에 그런 말을 하지 말라냐. 다들 열심히 했다냐."
"아뇨. 이긴 것에 납득이 안 간다는 게 아닙니다."
선생님이 타일렀지만, 마스터는 고개를 내저었다.
"아마도, 누가 이기더라도 납득은 가지 않았던 게 아닐까. 그런 느낌이 듭니다."
우리에게 시선을 돌리고는, 옛날을 떠올리듯이 말했다.
"전원이 무언가를 선택하는 일은 지금까지도 있었다. 그러나 누군가를 희생하면서까지 억지로 고른 적은 없었을 거다."
"그러게. 어떻게든 치사한 짓을 할 수 없을까 언제나 고민했었으니까."
"다들 평범한 루트는 안 고르니까……."
"그러게. 평범하게 하면 언제나 쓰라린 맛을 보니까."
그렇게 생각하면, 이번에는 평범하게 제일 강한 마스터가 이겨서 평범하게 왕도 선택지를 고른 셈이다.
"강한 사람이 이기고, 올바른 선택지를 고르는 건…… 확실히 우리답지는 않네.”

“바로 그거다. 아마 거기에 위화감이 있는 거다.”

마스터는 이래도 되는 거냐며 복잡한 표정을 지었다.

그렇긴 하지만.

“게임이니까 어쩔 수 없지 않아? 나는 납득하고 있어.”

“하나밖에 고를 수 없으니까요.”

“다음에는 이길 거예요.”

모두 납득하고 있고, 이번만큼은 어쩔 수 없다.

게임에서 선택지 이외의 행동은 허락되지 않는다.

무언가를 고를 수밖에 없는 거다.

“알았다. 모두의 마음을 짊어지고, 나와 세테가 루트를 고르도록 하마!”

“모두 함께 최고의 엔딩을 보자!”

전원이 이동해서, 오랫동안 기다리고 있던 마왕과 신, 그리고 공주님에게 향했다.

▶라스트 에피소드를 티아라루주 공주로 진행하시겠습니까?◀

▶진행한 경우, 다른 선택지는 소멸합니다.◀

YES 6/6이라는 표시가 나오며 퀘스트를 받았다.

라스트 에피소드 : 인간의 미래를 받았다.

◆티아라루주 공주 : 감사합니다! 신도 마왕도 인간에게는 필요 없어요!

◆대신 솔라리스 : 사람은 신을 버리겠다는 겁니까…….

◆마왕 고아보로스 : 이것이 인간의 업보. 인간의 어둠인가. 그 저주는 언젠가 자신에게 돌아온다는 걸 어째서 모르는 거냐!

마왕 옆에는 마르코시아스와 스칼렛, 신의 옆에는 카프라이가 섰다.

그리고 우리와 신의 옆에는 크로노 기어를 든 마기스토크, 그리고 사르반 부대장이 나와서 전투태세에 들어갔다.

"역시 왕도 루트, 모든 NPC를 끌어들여서 싸우게 되는구나!"

"뜨거운 전개잖아. 이런 것도 싫지 않아!"

◆대신 솔라리스 : 알겠습니다. 신은 최후의 벽이 되어 당신들의 성장을 지켜보도록 하죠.

◆마왕 고아보로스 : 세계를 인간 따위에게 맡길 수 있을 것 같으냐!

신과 마왕이 하얗고 어두운 빛을 발했다.

눈이 부실 정도의 섬광이 화면을 메우고, 격렬한 SE가 울려 퍼졌다.

"자, 전투인가!"

"한꺼번에 쓰러뜨리겠어!"

"힐 열심히 할게요!"

그리고 화면이 암전되며—.

**그랜드 퀘스트 최종장, 후편은 근일 공개 예정!**

——뭐?

후편? 근일?

메인 퀘스트, 이게 마지막이 아니었어?

“계속? 다음? 어, 이, 이게 끝이 아니야?!”

“서, 설마 이거…… 업뎃 대기인가?! 이런 게 어딨어!”

“웃기는 소리.”

“이렇게나 치열하게 싸웠는데, 다음 이야기는 아직이야~☆로 끝이라고?!”

“어째서인가요오오오오오오.”

이렇게 애썼는데, 엔딩이 없는 거냐!

희망의 루트가 아니라도 좋으니까 마지막까지 하게 해달라고! 어째서야!

웃기지 말라고. 우리는 크게 소란을 부렸다.

그러나 유일하게, 마스터의 리액션만 달랐다.

“하, 하하하, 하하하하하하하하하!”

마스터는 크게 웃으면서 기분 좋게 모니터를 쓰다듬었다.

“고생해서 이겼는데 결국 이건가! 나 참, 운명이라는 건 참 잘 만들어져 있군.”

바라던 엔딩은 볼 수 없게 되었건만, 아무런 후회도 없다는 듯이 웃고 있다.

"자기답지 않은 짓을 하면 이렇게 되는 건가. 공부가 됐어."
"너희의 탓이 아니잖니? 잘못한 건 운영진이다냐!"
"아, 맞다! 유이 선생님, 이렇게 되는 거 알고 있었지?!"
"말하고 싶었는데 말하지 못했다냐아아아아아아아아."
이미 여기까지 진행했을 선생님은 무척 슬프게 울부짖었다.
이렇게 되는 걸 알면서도 심판을 본 거, 괴로웠겠네. 선생님…….
"하지만 어떻게 이 수많은 엔딩을 처리하나 싶었는데, 이런 끝이라니……."
"선택지를 고를 수밖에 없는 퀘스트라도 이렇게 도망치는 법이 있구나."
"최악의 방법이지만."
세가와가 어깨를 으쓱한 뒤, 마스터를 돌아보며 말했다.
"참고로 이거, 어쩔 거야? 내 패배이긴 한데, 엔딩은 볼 수 없었잖아."
"그래. 엔딩이 없는 이상, 내 승리라고도 할 수 없지."
"그럼 내기는 어쩔 거야. 내 인사는?"
마스터는 훗, 하고 부드럽게 웃고는 세가와의 어깨에 손을 올렸다.
"슈바인의 뜻대로 해라. 원래부터 나는, 자랑스러운 후배라면 좋은 선택을 하리라 믿고 있다."
"으~~~~!"

신음하면서 머리를 부여잡던 세가와는 벌떡 일어나서 말했다.

"아아, 정말. 알았어! 패한 건 확실하니까 순순히 할 거야!"

"하하하. 귀엽구나."

"시끄러워!"

저쪽은 각오를 다진 모양이다.

힘내라, 세가와. 새언니한테 인사 잘하라고.

"우리도 고민해야겠지……."

아직 자세한 이야기는 정해지지 않았지만, 우리가 가지 않을 수는 없으니까.

우리의 인생 메인 퀘스트, 어느 선택지를 골라야 할까. 아니, 뭘 골라야 하는지는 알고 있지만…….

"저기, 루시안. 조금 생각해봤는데요."

"응? 왜 그래?"

"저희도, 뭔가 정해진 선택지에서 골라야 한다는, 그런 마음이었다는 기분이 들지 않나요?"

"그건…… 그럴지도."

게임 안에서 매번 선택지를 고른 탓인지, 하느냐 마느냐 같은 좁은 부분에 사로잡혀 있었던 것 같다.

"제대로 한다든가, 거절한다든가, 그런 선택지 밖으로 나가는 게 좋지 않을까, 싶어요. 예를 들면—."

"그건…… 할 수 있다면 재미있어 보이지만……."

아코가 말한 제안은 확실히 선택지 밖에 있었다.

조금 무리라고 생각하지만…… 만약 가능하다면 그게 즐거워 보이고, 우리다울지도 모른다.

"응, 잠깐 이야기해볼까."

"네!"

여전히 **근일 공개 예정!** 글자를 보던 마스터에게 몰래 물어봤다.

"마스터, 잠깐 상담할 게 있는데."

"왜 그러나? 두 사람이 승자에게 보수를 주려는 건가?"

"오히려 부탁인데요……."

엔딩은 볼 수 없었지만, 기왕 이렇게 됐으니까 우리가 바라는 엔딩을 만들어보자고.

††† ††† †††

새해가 지난 1월 모일.

우리가 니시무라 가와 타마키 가의 인사를 계획한 날.

나는 익숙하지 않은 대여용 턱시도를 입고 식장에 발을 들였다.

"야, 히데키. 확실히 아버지는 신년회는 대환영이라고 말하긴 했지만."

정장을 입은 아버지가 주변을 두리번두리번 바라보며 말

했다.

"이 정도 규모로 한다는 건 못 들었다고?"

"하지만 아버지는 화려한 걸 좋아하잖아?"

"그야 그렇지! 이거 두근두근한데!"

즐거워하는 것 같아서 다행이다. 이쪽은 이미 위가 아픕니다.

처음 찾아온 이곳은 현대에는 이런 곳이 있구나 싶을 정도로 호화로운 영빈관. 이런 곳에는 평생 올 일이 없을 줄 알았어.

일반인인 우리가 오기에는 명백하게 이상한 공간이다.

"오빠도 정색하니까 무지막지한 짓을 하네…… 역시 아빠랑 닮았어……"

"실례되는 소리를 하네, 미즈키."

누가 아버지를 닮았다는 거야. 부분적으로는 닮았지만, 대부분은 안 닮았다고?

"식장이 굉장히 컸을 때는 몇 항이지? 어디 있더라?"

"당신은 내 뒤에서 싱글벙글 웃고만 있으면 돼. 나머지는 내게 맡기라고."

"고, 고마워. 여보."

가장 궁지에 몰린 건 엄마였다. 이럴 때는 아버지가 더 믿음직하다.

넷이서 영빈관 안을 나아가서 안내를 따라 걷자 가장 커다란 문에 도착했다.

그 앞에는 하얀 턱수염을 한 댄디 아저씨가 우리를 맞이해주었다.

“어서 오세요. 잘 오셨습니다. 대단히 실례지만, 성함을 여쭤봐도 될까요?”

“그게…… 니시무라 히데키, 입니다. 함께 온 가족이 세 명. 쿄우 씨에게 초대를 받았습니다.”

“네. 확인했습니다. 고쇼인 가주 주최, 신춘 축하 연회에 잘 찾아오셨습니다.”

끼이익, 무거운 소리를 내며 문이 열렸다.

그렇다. 여기는 신년회장.

그러나 여기에 온 건 우리 가족이나 아코네 가족만이 아니다.

마스터의 친가, 고쇼인 가가 정월에 개최한다는 수많은 파티 중에서도 편하게 참가할 수 있는 내부 행사에 초대받았다.

넓은 식장 안에 화려한 옷이나 정장, 턱시도를 입은 남녀가 수없이 돌아다니는 것이, 일반 고등학생인 내게는 굉장히 거북한 분위기다.

엄청 상류층 같은 공간이다.

“이거 굉장한데. 이런 곳에 초대받다니, 그 선배는 정말로 신분이 높은 아이구나.”

“그렇지? 굉장한 선배라니까.”

"내 이야기인가?"

나와 아버지의 대화에 그런 목소리가 끼어들었다.

"여어, 히데키. 잘 찾아왔다."

어른스러운 롱 드레스를 입은 마스터가 부드러운 표정으로 이리로 걸어왔다.

이, 이게 사교 모드의 마스터인가!

굉장해. 왠지 평범한 어른으로 보여!

"아, 마스터…… 아니, 쿄우 선배. 초대 고마워. 폐를 끼쳐서 미안."

"천만의 말씀. 드디어 나의 친구를 파티에 부르게 돼서 오히려 안심이 될 정도야."

마스터는 말 그대로 기쁜 듯이 말했다.

"그리고 히데키, 이쪽이 오늘의 주역인 고쇼인 세이쥬로다! 이 식장에서도 울지 않고 참가자들을 바라보는 미래의 거물이지!"

"댜~?"

"오오, 이게 리얼 세이쥬로……!"

유모차 안에서 이쪽을 바라보는 동그란 눈동자.

이게 소문 자자한 동생인가. 우와, 귀여워. 그보다 미남이네.

사진으로 본 것보다 현실에서 본 게 더 잘생겼다. 잘생긴 유아. 이게 혈통 차이라는 건가!

어째서 부모님이 아니라 마스터가 데리고 돌아다니는지는

신경 쓰지 말자.

그리고 마스터는 우리 가족을 돌아보며 말했다.

“가족 여러분들도 잘 오셨습니다. 바쁘신 기간에 찾아와 주셔서 감사합니다.”

“이쪽이야말로 초대해주셔서 감사합니다! 쿄우 씨입니까. 이야기는 전부터 많이 들었습니다! 이야~, 아들과 같은 고등학생으로는 보이지 않을 만큼 차분하시군요. 하하하.”

“아무리 그래도 그렇게 비교하면 괴로운데.”

왠지 캐릭터 메이킹부터 시스템까지 다른 게 아닌가 싶을 만큼 오라의 차이가 있으니까.

나는 아무리 노력해도 이런 사람은 될 수 없다고 생각합니다.

“아뇨, 아드님에게는 언제나 신세를 지고 있습니다. 무척 믿음직한 친구죠.”

“천만에요. 이쪽이야말로 휴일 때는 신세를 진 모양이라…… 늦어져서 죄송하지만, 감사합니다.”

두 사람은 꾸벅꾸벅 고개를 숙였다. 그만둬! 보호자 모임 같아서 부끄러우니까!

그나저나.

그렇기에, 이런 모임에 온 거다!

이런 곳이기에, 우리의 목적을 달성할 수 있다!

“이렇게 진지하게 인사하는 아버지, 오랜만에 본 것 같아.”

"그야 히데키, 이런 곳에서 대충 인사할 수는 없잖냐."

"하긴! 아무리 아버지라도 여기서는 진지해야겠지!"

그래. 나의 노림수는 이거다.

제대로 된 복장을 입고, 제대로 된 곳에 와서, 제대로 인사를 한다.

간단하지만, 나와 아코에게는 어려운, 인생 메인 퀘스트 공략 방법.

나와 아코가 고른 선택은, 포기도 아니고 억지로 개최한 것도 아니다.

선택지에 없었던 선택. 그렇다. 진지한 자리를 마련할 수 있는 친구에게 부탁하는 것이다!

"정말로 고마워, 마스터. 이러면 잘 풀릴 것 같아."

"음. 성공을 기원하마."

믿음직한 마스터에게는 진심으로 고마웠다.

나와 아코만으로는 아무리 노력해도 진지한 필드를 마련할 수 없었으니까.

"나도 우리 부의 모두에게 세이쥬로를 소개할 수 있게 되었으니 오히려 감사하고 싶을 정도다."

"뭐, 응. 적당히 하라고?"

본인은 동생을 보여줄 수 있게 되어서 굉장히 만족스러워 보인다.

마스터가 우리 부의 모두라고 말했듯이, 우리 둘만이 아니라 현대통신전자 유희부 전원과, 그들의 가정도 초대했다.

우리 가족과 아코네 가족의 인사도, 새언니에게 인사하는 걸 싫어하던 세가와도, 동생을 자랑하고 싶은 마스터도, 기왕 이렇게 됐으니 동생이 반항기인 아키야마도, 애들 취급을 당하는 후타바도 함께다. 전부 한꺼번에 처리하자는, 선택지에 있을 리가 없던 무지막지한 짓을 실행했다.

"다른 멤버는 이미 전원이 와 있다. 네가 마지막이다."

"아코네 가족도 온 건가. 고마워."

"그럼 나중에 보자. 여러분, 대단한 대접은 아닙니다만 아무쪼록 천천히 즐기다 가시길."

마스터는 인사를 하고 떠나갔다. 진지한 파티장이지만, 유모차가 의외로 어색하지 않았다.

자, 그럼. 아코네 가족도 왔다면 예정대로 움직여야겠지.

계획 스타트다.

"그럼 잠깐 소개하고 싶은 사람이 있으니까, 아버지랑 엄마는 이 주변에서 기다려줄래?"

"응? 알았다 알았어. 이 주변 말이지?"

"구, 구체적으로 어느 정도 거리까지 떨어지면 될까? 엄마는 이 자리에서 움직이지 않는 게 나을까?"

"세세한 건 신경 쓰지 마, 여보. 내 옆에 있으면 이 주변이야."

이렇게 아버지와 엄마는 이 자리에 고정해두고, 그럼.

"오빠. 나는 괜찮지? 미캉 찾아볼래!"

"그래, 조심해라."

적응력이 뛰어난 여동생은 잽싸게 이탈했다. 듬직하다.

자, 나도 아코를 찾아봐야지.

이 주변에 있을 텐데…… 그렇게 주변을 찾아다니자.

"루, 루시안~!"

옆에서 작은, 그러나 귀에 남는 목소리가 들렸다.

드레스 차림으로 걸어오는 조그만 체구의 여성.

가슴팍에 커다란 리본이 달린 분홍색 드레스가 몸의 라인을 따라 원만한 커브를 그린다.

조금 트여있는 가슴 부분에 시선이 갈 것 같아서 황급히 되돌렸다.

긴 흑발을 뒤로 넘기고, 내가 선물한 핀으로 머리카락을 고정해서 완전히 외출 차림이 된 아코가 그곳에 있었다.

장난 아니잖아. 나의 신부가 너무 귀여워. 이거 좀 보세요. 얘가 나를 좋아한다고요. 모두에게 그렇게 주장하고 싶을 정도의 미소녀다.

"아~, 그게…… 새해 복 많이 받아, 아코. 드레스 잘 어울리네."

"루시안도 무척 멋있어요! 올해도 잘 부탁해요!"

아니아니, 아코와 비교하면 전혀 아니라고. 정장은 입어도 위화감밖에 안 든다니까.

이크, 이럴 때가 아니지. 이쪽은 메인 퀘스트에 한창이니까.

"그리고 계획 말인데, 우리 가족은 입구 쪽에 있으라고 부탁해놨어. 그쪽은?"

"네. 이쪽도 같은 곳에 있을 거예요."

"오케이. 이제 인사를 시키면 되겠어."

"굉장히 멋진 파티장이니까, 확실히 인사할 수 있겠네요!"

"우리의 승리는 틀림없겠네!"

너무 진지해서 조금 무서울 정도야. 납채는, 납채는 봐주세요!

자, 이후에는 입구에서 대기하고 있을 아버지와 엄마를 찾아서 아코네 부모님과 대면하는 것뿐이다!

—그렇게 생각했는데.

"어, 어째서 없는 건가요! 아빠도 엄마도!"

"우리 아버지랑 엄마도 없어! 어디를 간 거야!"

네 사람 모두 없잖아! 여기서 기다리라고 했는데!

"에에잇, 찾아보자. 아코! 어떻게든 파티가 끝날 때까지 찾아내서 인사를 시키는 거야!"

"네! 서둘러 찾아봐요!"

메인 퀘스트 최종장, 던전 내 탐색 퀘스트가 시작됐다.

"꼬마, 아가씨. 오랜만이구나."

"아, 쿄우 씨의 할아버…… 큰할아버지. 새해 복 많이 받으세요."

"새해 복 많이 받으세요!"

부모님을 찾기 전에 예상 밖의 사람과 만났다.

전에 한 번 이야기를 나눈 적이 있는, 마스터의 큰할아버지다.

이름은 확실히— 고쇼인 토키무네 씨다.

당당히 선 일본옷 차림의 할아버지와, 그리고 또 한 명.

"두 사람 다 어서 오렴…… 왜 선생님의 호스트 쪽이 되었는지 잘 모르겠다나……."

그리고 그 뒤에는 비서 같은 포지션으로 함께하고 있는 선생님이 있었다.

이사장의 도우미인 건가.

"그래, 즐기고 있느냐."

"엄청 긴장하고 있어요!"

"굉장히 무서워요!"

"허허, 익숙해지면 된다. 어깨에 힘을 주는 것에 익숙해지면 그것만으로도 심신이 다부지게 되는 법이지. 자신의 한계를 넘은 곳에 얼마나 많이 나가느냐에 따라 사람의 그릇이 정해진다고 생각한단다."

"네. 노력하겠습니다."

이런 곳에 익숙해질 일은 영원히 없을 것 같지만, 마음만은 노력해보려고 합니다.

"쿄우의 상대가 되려면 그 정도의 그릇은 필요하니 말이지."

"그렇게 되지는 않거든요! 절대로 그렇게는 되지 않아요!"

"넘겨주지 않을 테니까요!"

아코와 함께 부정하자, 할아버지는 유감스러운 듯 눈살을 찌푸렸다.

"역시 맞선을 한번 주선해줄 수밖에 없나."

그만둬주세요~!

최근 자유를 사랑하기 시작한 마스터는 무조건 도망칠 거라고!

"그럼 또 보자꾸나. 즐기거라, 젊은이들아. 허허허허."

할아버지는 긴장감은 조금도 없이 떠나갔다. 역시 대단한 관록이다.

"이 포지션은 이상하다냐…… 어째서인가냐……."

그리고 선생님도 울상을 지으며 따라갔다.

그것도 일이라고 생각하고 열심히 해주세요.

"야호호~. 새해 복 많이 받아. 니시무라, 아코."

"새해 복~."

다음으로 발견한 건 아키야마와 세가와다.

같이 갈아입는다고 했으니까 어떨까 했는데, 두 사람 모두 외출용 기모노 차림이다.

근처에 있기만 해도 화사해지는 분위기다.

"새해 복 많이 받으세요~."

"아, 두 사람 다 새해 복 많이 받아."

우리가 다가가자, 세가와는 지친 목소리로 말했다.

"나 참. 너희한테 말려들어서 터무니없는 곳에 와버렸잖아."

"미안미안. 근데 그쪽은 어때? 새언니에게 인사한다면서."

"그건 어제 제대로 했어."

"아, 정말로 했나요."

"패하면 한다고 말한 이상, 긍지가 걸려있다고."

그렇게 말한 세가와는 건방진 미소를 지었다.

"게다가, 이 모임 덕분에 적당히 앙갚음을 해줄 수도 있게 됐으니까."

"……그 말은?"

"우리 집 같은 서민에게는 과분한 파티에 같이 오게 됐거든! 그 언니인 척 뽐내던 여자, 올 때는 딱딱하더라니까. 조금은 긴장하라지, 후후후후후."

"그건…… 가족으로서 근사한 파티에 초대한 상태인 게……."

그 새언니, 새로 생긴 시누이가 굉장한 파티에 초대해줬으니 기뻐하고 있지 않을까?

"참고로 어떤 사람인가요? 근처에 있나요?"

"저기 있는 사람이야. 드레스 입고 키가 큰……."

"아아, 저 사람."

"예쁘고 어른스러운 사람이네요."

모델처럼 키가 크고, 스타일이 좋은 여성이 조금 떨어진

곳에서 대화를 나누는 모습이 보였다.

옆에는 세가와와 조금 분위기가 비슷한 남성이 있다. 저 사람이 오빠인가.

"……왠지 세가와하고는 전혀 다른 타입의 여성이네."

"그렇지?! 아카네하고는 정반대더라!"

"시끄럽네! 키라든가 체형이라든가 그런 걸로 인간을 말하지 말라고!"

세가와는 기모노와는 어울리지 않게 허리에 손을 댄 포즈로 말했다.

"확실히 키는 크고 스타일도 좋고, 본 순간 언니라는 느낌이지만! 그거랑 이거는 이야기가 다르거든!"

"……으응?"

뭐지? 들으면 들을수록 딱히 호감도가 낮아 보이지 않는데.

세가와, 정말로 저 사람을 싫어하는 거 맞나?

"그건가. 새언니와 인사하고 싶지 않다고 했던 거, 그냥 츤데레였어?"

"츤데레네요."

"그럴걸~?"

"현실 인간을 츤데레 취급하지 말라고!"

아니 너, 아무리 생각해도 츤데레잖아.

조금 걱정했지만, 그런 거라면 안심이다. 빨리 솔직해지라고.

"아, 우리 동생도 같이 소개하고 싶은데— 있다! 여기여기!"

그때, 아키야마가 근처를 지나가려던 남자아이의 손을 붙잡았다.

끌려온 남자아이가 황급히 균형을 잡았다.

"잠깐, 누나……!"

"네~, 우리 동생입니다~."

여기, 라며 앞으로 내밀어왔다.

우와아, 얼굴 닮았어! 이거 아키야마의 동생이라 그런지 멋있게 생겼네.

"누나에게 신세 많이 지고 있습니다. 2학년의 니시무라입니다. 잘 부탁해요."

아코가 넋을 잃지 말았으면 좋겠는데— 힐끔 시선을 돌리자, 아코는 헤실헤실 미소를 지으며 말했다.

"아내인 아코에요!"

응, 이 자리에서는 부정하지 말자.

"……잘 부탁함다."

이 사람, 진심으로 하는 말인가? 그런 시선이 순간 보였지만, 그쪽은 전부 흘려버리고 인사하는 모습이 아키야마 가의 사람이구나 싶었다.

"나는 기억하고 있지?"

"넵."

세가와하고는 만난 적이 있는지, 아키야마 동생은 고개를 꾸벅 숙였다.

"순순한 아이잖아. 뭐가 문제야?"

"에이. 그치만 나한테 전혀 응석 부리지 않고, 왠지 거리 둔단 말이야!"

"누나는 너무 가깝다고. 내가 애도 아니고."

"뭐야 그게! 너무해~!"

동생은 짜증난다는 듯이 아키야마를 뿌리쳤다.

그야 마음은 이해한다.

"응, 저런 걸 당하면 나도 짜증내겠지."

"에에엑?! 남매라면 당연한 거 아냐?!"

"내가 미즈키에게 찰싹 붙어있는 걸 본 적이 있습니까."

기껏해야 머리를 쓰다듬는 정도라니까.

"너도 고생하는구나."

"……감사함다."

동생은 피곤한 목소리로 대답했다.

그리고 부모님을 만나지 못한 채, 다음에 만난 건.

"아, 후타바. 미즈키도."

"미캉, 슈슈."

"안녕하세요."

"언…… 아코 씨. 이런 곳에서는 이름으로……."

1학년의 두 사람.

엄청 평범하게 교복을 입은 후타바와, 옆에 있는 드레스 차림의 미즈키.

물론 드레스는 렌탈입니다.

"후타바의 부모님은?"

"높으신 분한테, 인사를."

"그렇구나. 타이밍이 안 좋았나."

1학년인 후타바를 데리고 돌아다니고 있으니까, 인사 정도는 해야겠지. 나중에 또 오자.

그때, 후타바가 나를 올려다보며 조금 기쁜 듯이 말했다.

"오늘 불러주셔서 좋았어요."

"오, 그래? 왜?"

"쿄우 선배와 이야기를 나누고 나니까, 엄마가 너도 다 컸구나, 그런 말을 해서."

"……그야 이런 자리에 태연하게 있는 후타바가 크게 보였겠지."

"미캉, 굉장히 평소 그대로였으니까."

우리 후배는 굉장히 굉장히 배짱이 두둑하다.

"그런데 미즈키, 아버지랑 엄마 못 봤어? 입구 근처에 있으라고 했는데 어디로 가버렸다니까."

"아까 안쪽에서 술 받던데?"

"완전히 반대 방향이잖아!"

어째서 그런 곳으로 간 거야!

설마 이런 곳에는 없을 줄 알았던 식장 안쪽, 입구와는 정반대 방향에서 아버지와 엄마를 찾았다.

그러나 있는 건 두 사람만이 아니었다.

"아아, 거기서 일하시는군요! 직접 거래하지는 않습니다만, 이름은 예전부터 들었습니다!"

"하하하. 별 볼 일 없는 중소기업이라 부끄러울 뿐이네요."

"중소기업이라니 터무니없는 말씀을! 명함을 받은 것만으로도 감사할 따름입니다. 하하하!"

"니시무라 씨. 이이는 정말이지 일만 하다 보니 언제나 늦게 돌아온다니까요? 진심으로 작은 회사로 옮겨줬으면 좋겠어요."

시크한 드레스를 훌륭하게 입은 아코네 이머니와, 턱시도가 죽을 만큼 잘 어울리는 댄디한 아코네 아버지. 그 두 사람이 우리 아버지랑 뭔가 이야기를 나누고 있었다!

거짓말이지. 아코네 부모님과 같이 있었어?!

"어째서 아빠랑 엄마가?!"

"우리가 없는데 어째서 이런 상황이!"

엄마와 아코네 어머니가 전화 통화를 한 적이 있을 정도였지, 제대로 면식은 없었잖아?!

뭐가 어떻게 되어야 저렇게 친하게 대화를 나누는 흐름이 되는 건데?!

"잠깐, 아버지. 뭐 하는 거야?!"

"엄마?! 어째서 루시안네 부모님과?!"

우리가 황급히 다가가자, 아버지가 웃으며 대답했다.

"오오, 히데키. 그게 말이다. 아코와 아주~ 닮은 미인이 계셔서 혹시나 해서 말을 걸어봤거든. 정답이었지 뭐냐!"

"어머, 과분한 칭찬이세요."

아코네 어머니가 우후후, 하고 웃었다. 입이야 웃고 있지만, 남편 이외의 사람이 칭찬해도 전혀 기뻐 보이지 않는 모습이 역시 아코네 어머니네요!

아아, 정말이지. 아버지 탓에 엉망이야!

그런 이유로 평범하게 말 걸지 말라고! 이러니까 인싸는!

"이건 퀘스트 실패일까요……."

"아직이야. 아직 포기하기에는 일러!"

무슨 이야기를 했는지는 몰라! 자기소개가 끝난 정도일지도!

"저기, 네 분이서 무슨 이야기를?"

"그야 너, 우리 아들이 이쪽 따님에게 손을 댔으니까 사과를 했지."

"그쪽 집에는 아코가 몇 번이나 실례했잖아요? 죄송하다는 이야기를……."

"우와아아아아아악!"

대부분 이야기가 끝났어!

완전히 늦었다. 사람투성이인 파티장에서 가족을 찾아내는 게 늦어진 탓에 모든 계획이 엉망진창이야!

"저희의 메인 퀘스트는 이제 틀린 걸까요."

"이게 안 되더라도 다음이 있어. 힘내자, 아코."

"그러게요. 포기하지 말고 몇 번이든 도전하죠."

우리는 어깨를 마주하고 둘이서 위로를 나눴다.

그렇게, 이번에는 실패라고 포기하고 있었는데.

"—아무래도 저는 일 또 일이라서 집에 있는 시간이 적은지라, 아코와 만난 것도 저번이 처음일 정도지만……."

우리 아버지가, 그렇게 말하며 아코네 부모님에게 물었다.

"두 사람은 언제나 저렇게 사이좋게 지내고 있습니까?"

"네, 그럼요. 보고 있으면 샘이 날 정도로 사이가 좋아요."

아코네 어머니가 우후후 웃으며 대답했다.

"그건 참 뭐랄까…… 아버지로서 죄송하다는 생각이……."

"그렇지 않습니다."

쓴웃음을 짓던 아버지에게 아코네 아버지가 진지하게 말했다.

"히데키가 없었다면, 우리 딸은 지금쯤 어떻게 됐을지 모릅니다. 아무리 감사해도 부족할 정도죠. 폐가 되는 게 아니라면 앞으로도 아코와 친하게 지내줬으면 좋겠습니다."

"아코는 귀찮은 아이지만, 히데키를 사랑하는 건 틀림없으니까요. 저희 아이를 잘 부탁드려요."

머, 멀쩡한 인사를 나누고 있다고?!

아코네 아버지에게 시선을 돌리자, 그는 댄디하게 훗 웃었다.

싫다, 멋있잖아! 아아, 정말, 우리 아버지가 저랬으면 좋겠다!
아코네 부모님이 그렇게 말하자…….
"저, 저희야말로, 아코와는 꼭 친하게 지내고 싶다고…… 생각하니까요……"
엄마가 대본 없이 말했다! 힘내줘서 고마워 엄마!
진지하게 말하는 세 사람의 모습을 본 아버지가 말했다.
"…………히데키."
"왓?!"
우왓?! 갑자기 내 등을 퍽 때렸다.
무심코 한 발 앞으로 나온 내 어깨에 손을 올리고는.
"이 녀석은 아직 어린애지만…… 저희의 자랑스러운 아들입니다. 따님을 불행하게 할 일은 없으리라 약속드리죠."
내 옆에서, 아버지가 깊이 고개를 숙였다.
"히데키를 잘 부탁드립니다."
"……아버지."
이 아버지가, 이렇게 진지하게.
그에 응하듯이, 맞은편에 있던 아코네 부모님도, 엄마도 다시 고개를 숙였다.
"이, 이건—!"
"그러네요!"
아코와 나도 다시금 모여서 고개를 숙였다.
"저, 저기! 다시금, 잘 부탁합니다!"

"오래도록 잘 부탁드려요!"

여섯 명이서 몇 번이고 정중하게 인사를 거듭했다.

설마 우리가 여느 때처럼 친하게 지내는 것이 최고의 공략일 줄은 생각도 못했지만— 그래도 이건 틀림없이 성공이다.

나와 아코, 인생 메인 퀘스트. 이걸로 한 발짝 전진이다!

††† ††† †††

계속 가족과 함께 있는 건 역시 좀 부끄러워서, 아코와 둘이서 식장을 우왕좌왕하다가 구석으로 이동했다.

모두의 친척들과 어떻게든 대화를 나누긴 했는데…… 아아, 지쳤다.

역시 모르는 사람하고 이야기하는 건 익숙하지 않네.

"마스터의 부모님, 굉장했네요."

"오라가 있더라. 연예인 같았어."

"우리 집은 저렇게는 안 될 것 같아요~."

"그 우리 집이라는 건, 타마키 가가 아니라 니시무라 가를 말하는 거겠지?"

자, 그럼. 얼추 인사도 했고 이제 할 일은 없지만…….

"아, 잠깐 화장실에 갔다 올게요."

"오케이. 근데 그 옷으로 괜찮아? 혼자 입을 수 있어?"

"문제없어요, 맡겨주세요."

아코는 가슴을 활짝 폈다. 그 옷으로 하면 보기 힘드니까 그만두라고.

떨어지는 아코를 배웅하고, 한동안 식장을 멍하니 지켜봤다.

모두 화려한 분위기를 발하며, 여러 사람과 이야기를 나누고 있다…… 저런 게 평범한 사람이라면, 우리에게는 역시 어렵지 않을까. 그런 생각을 하는 자신이 있었다.

나는 지인의 가족들과 이야기하는 게 고작이라고.

"오, 히데키. 이런 곳에 있었냐."

"어라, 아버지?"

아버지가 내 옆으로 다가왔다.

딱히 아무도 데려오지 않고 혼자다.

"어라? 혼자? 엄마는?"

"아까의 인사가 예정하고는 달라서 구석에서 시무룩하게 있지."

"수고 많았네, 엄마……."

굉장히 좋은 인사였다고 생각하는데?

정말로 감사합니다.

"그나저나 히데키. 아버지는 오랜만에 그런 진지한 인사를 했다. 아~, 어깨 결려."

"하하하. 노림수 그대로네!"

"너의 꿍꿍이였냐."

꿍꿍이라니 실례네. 아버지에게 제대로 인사를 시키기 위한 작전이었다고.

"그나저나 제일 놀랐던 건 아코네 가족이었어. 굉장히 친해진 것 같던데?"

"그야 친하게 대해주시니까."

"바깥 해자를 확실히 메우고 있다는 거냐? 응?"

"메우고 있다고 해야 할지, 메워지고 있다고 해야 할지……뭐, 찬성은 해주시더라."

그건 아버지에게도 확실히 전해졌을 거다.

그리고 내가 진심이라는 것도.

"……뭐, 이렇게나 대대적인 준비를 할 수 있다면 불만을 말할 수 없지. 너도 어른이 됐구나."

"오, 면허개전?"

"니시무라 가의 면허는 무겁다고?"

아버지는 하하하 웃었다.

그렇구나. 다행이다.

아까의 인사는 분위기에 넘어간 형태뿐인 게 아니라, 우리가 진지하다는 게 조금은 느껴져서, 그래서 제대로 해준 거구나.

마음이 제대로 전해진 것 같아서 내심 조금 안심했다.

앞으로는 아버지도, 아코를 제대로 대접해주겠지—.

"아무리 바깥 해자를 메우더라도 아코가 다른 남자를 좋아하게 되면 끝장이고, 너한테 좋아하는 사람이 생겨도 끝장이야! 뭐, 너무 무겁게 생각하지 말라고. 하하하.”

“이 망할 아버지…….”

아니, 조금 기뻐했더니 이거냐고. 변함없잖아, 정말!

그렇게 불평하려고 했던, 그 순간.

“지금, 뭐라고 하셨나요?”

“하하하…… 하?”

“아버님…… 뭔가 그냥 넘어갈 수 없는 말이 들린 것 같은데…… 그거 진심으로 하신 말씀인가요……?”

따스한 실내에서 한기가 느껴질 정도로 차가운 목소리.

돌아보자, 뒤에서 긴 머리를 유령처럼 풀어 헤친 아코의 모습이.

히익! 그 망령계 고레벨 몬스터 같은 모습은 뭐야!

“드, 듣고 있었던 거냐? 아코. 그게, 예시로 든 말이거든?”

“되찾을 거예요.”

“……응?”

“루시안에게, 다른 좋아하는 사람이 생기면…… 그때는 어떤 수단을 써서라도 루시안의 마음을 되찾을 거예요. 반드시에요. 무조건이에요. 수단은 가리지 않아요.”

“……아코.”

되찾겠다고 말해줬다.

평소의 아코는 내게 미움받을 때까지라고, 그렇게 말했었는데.

내게 좋아하는 사람이 생긴다면— 그런 말을 들은 아코에게서는 포기한다는 말이 조금도 나오지 않았다.

그렇겠지. 아코도 나와 똑같을 거다. 아무리 자기방어를 하더라도, 입으로는 무슨 말을 하더라도, 포기할 생각은 전혀 없겠지.

"아코! 나도 그래! 아코에게 좋아하는 사람이 생기더라도 절대 포기 안 해! 반드시 되찾을 테니까!"

"루시안!"

우리를 꼬옥 얼싸안았다.

역시 나도 아코도 이제 와서 상대를 포기한다는 생각은 절대로 하지 않는다. 아코가 다른 사람을 좋아하게 될지도 모른다— 그런 변명, 이제 말하지 않겠어.

"……아니, 행복해 보여서 다행이긴 한데…… 아……."

아버지가 뒷머리를 긁적이며 말했다.

"그 사랑은 좀 무겁지 않냐……?"

"무슨 말씀이세요! 이런 순수한 사랑이 무서울 리가 없어요!"

"맞아! 서로를 생각하고 있잖아. 뭐가 무섭다는 거야!"

그렇게 말한 뒤, 아코는 내게서 홱 떨어져서 아버지에게 따졌다.

"애초에, 아버님은 뭘 모르고 계세요!"

어, 저기, 아코 씨?

그 일찍이 본 적도 없는 분노한 얼굴은 뭐야?!

“제가 루시안 이외의 사람을 좋아하게 된다니…… 그런 심한 누명, 아버님이라도 용서할 수 없어요! 똑똑히 들어주세요. 루시안은 제 인생에 아무것도 없었던, 아무도 저를 받아주지 않았을 때 유일하게 곁에 있어 준 구세주라고요! 다른 사람을 좋아하게 될 일은 있을 수 없어요!”

“잠깐, 말이 지나치잖아! 사람을 과대평가하지 말라고!”

“루시안은 입 다물고 있어요!”

구세주보고 입 다물고 있으라니 이상하지 않아?!

“이렇게 되면 저와 루시안의 사랑 기록을 하나부터 말씀드릴 테니까, 아버님은 전부 들어주셔야겠어요!”

“자, 잠깐만. 알았어, 알았으니까! 이제 충분하니까!”

언제나 태평한 아버지가 움츠러들었지만, 아코는 계속해서 몰아세웠다.

“전혀 충분하지 않아요! 똑똑히 들어주세요. 모든 것의 시작은 그 마을 안이었어요—.”

아코는 아버지에게 『사랑 기록』이라는 걸 떠벌떠벌 말하기 시작했다.

“그런 저를 도와준 게 루시안이었어요. 아무 말도 하지 않는 제가 어째서 곤란해하는지, 루시안만 알아준 거예요. 마치 운명처럼!”

“네…… 그건참잘됐네요…….”

일단 그 수치 플레이는 막기로 하고.

그랜드 퀘스트는 아직 끝나지 않았지만.

적어도, 아버지에게 우리의 인연을 꽂아 넣는다는, 우리의 인생 메인 퀘스트가 클리어된 건 틀림없어 보였다.

에필로그
“인생 메인 퀘스트가 조금 진행됐어요!”
And you thought there is Never a girl online?

"나 참…… 그 새언니인 척하는 여자가 또 우리 집에 왔어. 아직 타인인데 너무 친한 척 굴잖아!"

파티 이후, 때때로 세가와가 그런 식으로 투덜거리는 게 정착되었다.

그러나, 그 말은 아무리 봐도 본심이 아니어서.

"이거 좀 봐, 이 너덜너덜한 케이크! 오빠한테 보여주려고 둘이서 만들었는데, 이런 꼴이라고? 그 여자 전! 혀! 미덥지 못하다니까!"

"평범하게 친한 사이 아닌가요?"

"어디가 친하다는 거야!"

세가와가 샤앗! 하고 울부짖었다.

어디를 봐도 그냥 친한 자매입니다.

"애초에 웨이트리스 주제에 셰프한테 손을 댄 시점에서 나는 납득하지 못했거든! 제 분수를 알아야지!"

"그건 웨이트리스에게 손을 댄 셰프를 질책해야 하는 게 아닐까."

"연애에서 어느 쪽이 나쁘다는 법은 없어!"

아키야마가 명랑하게 웃었다.

휴대전화 화면을 보던 마스터는 눈을 가늘게 떴다.

"으으음. 세이쥬로가 성장한 무렵에는 나도 함께 요리 같은 걸 해보고 싶군."

"너무 간섭하려고 하면 미움받는다더라? 쇼크~."

"으그극, 경험자가 말하니 고민되는군……."

"쿄우 선배, 쿄우 선배."

후타바가 마스터의 소매를 쭉쭉 당겼다.

"무슨 일이냐, 미캉이여."

"이거, 선물."

"뭐냐 이건…… 올해의 운세인가? 어째서 나에게…… 흉(쿄우)이잖아!"

"쿄우 선배와, 똑같은 발음."

"필요 없다! 나는 올해 수험이란 말이다!"

"그럼, 이쪽의 미개봉을."

"……어째서 그걸 먼저 주지 않은 거냐?"

새해가 된 이후 첫 임시 부활동.

딱히 이유도 없이 모인 건 아니고, 겨울방학에 몇 번 부활동을 하자고 해서 모인 거다.

규모가 큰 이벤트로 사소한 문제를 흘려버린 것 같아서, 신년회 이후의 앨리 캣츠는 평온했다.

제일 큰 걱정거리던 메인 퀘스트 후속은 발표되지 않았지만, 현재 제작 중인 모양이다. 꼭 이른 시일 안에 다음 스토리를 진행하고 싶다.

오, 그러고 보니.

신년회에서 일단 말했었지만, 확실히 말한 건 아니었으니까.

"맞아맞아. 새삼스럽지만 새해 복 많이 받아. 올해도 잘 부탁해."

"네. 잘 부탁해요. 루시안. 모두도요!"

"새해 복, 잘 부탁해~."

"잘, 부탁합니다."

"새해 복 많이 받아! 잘 부탁해~."

"음, 다들 올해도 잘 부탁한다."

얼추 인사를 나누고 전원의 얼굴을 돌아보다가, 이런 생각이 들었다.

"……올해도 이 멤버로 멀쩡한 1년을 보낼 수 있을까."

"멀쩡하지 않은 대표인 너한테 듣고 싶지는 않아."

"뭐라고? 이 몸 넷나베[#1] 자식한테 듣고 싶지는 않아."

"자자자. 싸움은 그만하자고요."

"제일 위험한 녀석이 말하지 마!"

"아코한테만큼은 듣고 싶지 않아!"

"불합리해요~!"

느긋하게 잡담을 나누면서 캐릭터를 움직였다.

역시 이런 나날이 이어지면 좋겠다는 생각이 든다.

---

**#1 넷나베** 인터넷에서 남자인 척 하는 여성을 의미하는 단어.

똑같은 생각을 했는지, 내 얼굴을 본 아코가 미소 지었다.

"올해도 즐거운 일이 잔뜩 있으면 좋겠네요."

"그러게. 작년과 같거나, 그 이상으로 즐거운 1년을 보내고 싶어."

"뭐야? 거기 바보 부부는 또 한 치 앞은 외톨이니까 지금을 즐겨야 한다는 소리를 하려는 거야?"

세가와가 놀리듯이 말했다.

작년에는 그렇다! 라고 대답했지만, 올해의 우리는 함께 대답했다.

"아니, 난 앞으로 전심전력을 다해서 모두와 함께 지내겠어."

"네! 만약 조금 떨어지게 되더라도, 다시 같이 있을 수 있게 노력할래요!"

"……아, 그래?"

생각지도 못한 대답이었는지, 세가와는 동요한 듯이 몸을 뺐다.

단지, 이후에는 슬쩍 웃으며 말했다.

"뭔지는 모르겠지만, 괜찮은 느낌이 됐네."

"응응. 나도 모두와 언제나 함께 있을 수 있게 노력할게!"

"친해 보여서, 좋네요."

"어째서 남 일 같은 거냐, 미캉."

쓴웃음을 지은 마스터가 조금 의아한 듯이 말했다.

"그나저나, 확실히 조금 분위기가 달라졌구나. 두 사람에게 무슨 일이 있었나?"

"뭐냐니, 딱히 없는데……."

그래도, 굳이 말하자면.

"인생 메인 퀘스트가, 조금 진행됐어요!"

아코가 변함없이 헤실헤실 웃으면서 영문 모를 말로 단언했다.

그래도 아마, 그런 거라고 생각한다.

온라인 게임의 메인 퀘스트만큼 드라마틱하지는 않고, 순조롭게 진행되지도 않았지만.

우리의 인생 메인 퀘스트도, 조금씩 앞으로 나아가고 있을 거다.

## ■작가 후기

**외부 채팅 소프트, 인스톨합니다.**

오랜만입니다. 혹은 찢어진 이 페이지만 바람에 날려와서 발밑에 떨어진, 그런 당신에게는 처음 뵙겠습니다.

키네코 시바이입니다.

이번 권으로 Lv.19가 된 『온라인 게임의 신부가 여자아이가 아니라고 생각한 거야?』, 어떠셨습니까.

온라인 게임에서 Lv.19라면, 이미 중반에 접어든 무렵. 초반에 사용하던 스킬이나 장비와 작별하는 경우도 늘어납니다. 더 효율이 좋고, 더 강한 스킬과 장비로 바꾸고, 그때까지 사용하던 것을 버리게 됩니다.

그래도 그것에는 새로운 마음이 담기고, 슬프기만 한 이별이 아니라 성장의 증거이기도 합니다. 그런 마음으로 이 책을 썼습니다.

—왠지 저번에도 똑같은 일을 후기로 적은 기분이 듭니다. 신경 쓰지 말아 주세요. 그것도 성장입니다.

**외부 채팅 소프트, 언인스톨합니다.**

쓰지 않게 된 소프트를 삭제한 즈음에서 사과와 감사의 멘트를.

일러스트의 Hisasi 씨. 근사한 일러스트 감사합니다! 지금까지 수많은 일러스트를 받았는데도 언제나 새로운 구도, 디자인이라 매번 감동하고 있습니다!

이제는 언제나 쓰러지시는 것 같은 담당님. 이번에도 실컷 수고를 끼쳤는데 이런 말을 하기는 좀 그렇습니다만, 주무세요! 잠깐 자는 게 아니라 푹 주무세요!

코미컬라이즈의 이시가미 카즈이 씨. 최종회 감사합니다, 라는 말은 저번 권에서 적었습니다만, 최종권을 본 것은 저번 후기를 쓴 뒤이기에! 최고의 최종권이었습니다. 감사합니다!

그리고 독자 여러분. 여러분 덕분에 이 시리즈가 계속 성장하고 있습니다! 정말로 감사합니다!

그럼 기회가 된다면 다시 뵙도록 하죠.

키네코 시바이였습니다.

## ■역자 후기

안녕하세요. 불초 역자입니다.

이번에는 게임의 라스트 에피소드, 그랜드 퀘스트를 함께 플레이하면서 그동안 등장하지 않았던 루시안의 아버지가 마침내 등장하는 이야기였습니다. 역시 루시안의 아버지답게 독특한 분이시더군요. 이미 저 커플을 가로막을 요소는 하나도 없다고 생각하는지라 위기감 같은 건 전혀 없었지만요. 이제는 그냥 반석 중의 반석 아닐까요.

그것보다는 역시 레전더리 에이지의 그랜드 퀘스트가 더 신경이 쓰였습니다. 모 유명 소셜 게임의 1부 종장이 생각나더라고요. 그것도 벌써 시간이 꽤 오래 흘렀는데…… MMORPG하고는 다르지만, 온라인 요소가 있는 게임의 종장을 다른 플레이어들과 함께 직접 깼던 건 그때가 처음이었는지라 대단히 인상적이었거든요. 그때도 연말이어서 이번 권 작업을 하면서 많이 생각났네요. 이번에는 결국 To be continued였는데, 과연 레전더리 에이지의 결말은 어떻게 될지 기대되네요. 앨리 캣츠 일행들이 오랫동안 즐겨온 게임이었으니 그에 걸맞은 좋은 결말이었으면 좋겠습니다.

그럼 후기는 이쯤 하고, 다음 권에서 뵙겠습니다.

# 온라인 게임의 신부는 여자아이가 아니라고 생각한 거야? 19

초판 1쇄 발행 2022년 3월 10일

**지은이**_ Kineko Shibai
**일러스트**_ Hisasi
**옮긴이**_ 이경인
**일본판 오리지널 디자인**_ AFTERGLOW

**발행인**_ 신현호
**편집장**_ 김승신
**편집진행**_ 권세라 · 최혁수 · 김경민 · 최정민
**편집디자인**_ 양우연
**관리 · 영업**_ 김민원

**펴낸곳**_ (주)디앤씨미디어
**등록**_ 2002년 4월 25일 제20-260호
**주소**_ 서울시 구로구 디지털로 26길 111 JnK디지털타워 503호
**전화**_ 02-333-2513(대표)
**팩시밀리**_ 02-333-2514
**이메일**_ lnovellove@naver.com
**L노벨 공식 카페**_ http://cafe.naver.com/lnovel11



ISBN 979-11-278-6387-6 04830
ISBN 979-11-278-4218-5 (세트)

**값 7,800원**

# 옛 원칙의 마법기사 1권

히츠지 타로 지음 | 토사카 아사기 일러스트 | 송재희 옮김

「기사는 진실만을 말한다」
「그 마음에 용기의 불을 밝히어」
「그 검은 약자를 지키고」
「그 힘은 선을 지지하며」
「그 분노는— 악을 멸한다」
전설 시대 최강의 기사라고 평가받는 동시에『야만인』이라는 이명을 가진 시드 블리체.
캘바니아의 젊은「왕자」에 의해 부활한 남자는 마법기사 학교의 교관으로 부임한다.
창설자 기사의 이념을 이어받은 네 개의 교실 중에서
그가 배속된 곳은 공교롭게도 자신의 이름이 붙은 낙오 학급(클래스)인데…….
"너희 말이야, 기사로서 부끄럽지 않아? —일단 검을 버려."

**최강의 기사는 야만인—. 새로운「교관」시리즈 개막!**

NOVEL

라이트노벨의 새로운 빛! L노벨의 신간은 매월 10일에 발매됩니다. http://cafe.naver.com/lnovel11

© Dachima Inaka, Iida Pochi, 2018
KADOKAWA CORPORATION

## 일반공격이 전체공격에 2회 공격인 엄마는 좋아하세요? 1~7권

이나카 다치마 지음 | 이이다 포치. 일러스트 | 이승원 옮김

"이제부터 이 엄마와 함께 실컷 모험을 하는 거야.", "맙소사……."
고교생 오오스키 마사토는 그렇게 염원하던 게임세계로 전송되지만,
어찌된 영문인지 그의 어머니이자
아들이라면 껌뻑 죽는 마마코도 따라오는데?!
길드에서는 「아들의 연인이 될지도 모르는 애들이니까」라는 이유로 마사토가 고른 동료들에게 면접을 실시하고,
어두운 동굴에서는 반짝반짝 빛나는데다,
무릎베개로 몬스터를 재우는 걸로 모자라,
전체공격에 2회 공격인 성검으로 무쌍을 찍는 등
아들인 마사토가 질릴 정도로 대활약을 하는데?!
현자인데도 유감스런 미소녀 와이즈,
치유계 여행 상인인 포타를 동료로 맞이한 그들이 구하려는 것은
위기에 처한 세계가 아니라 부모자식간의 정.

**제29회 판타지아 대상 〈대상〉 수상작인**
**신감각 모친 동반 모험 코미디!**

라이트노벨의 새로운 빛! L노벨의 신간은 매월 10일에 발매됩니다. http://cafe.naver.com/lnovel11

NOVEL